福岡市文学館選書 2

中野秀人作品集

中野秀人

発行—福岡市文学館
発売—海鳥社

目次

詩

散文

凡例

収録に当たり、明らかな誤記、誤植については訂正し、カタカナ表記、送りがなは原文のままとした。

ふりがなは原文を尊重し、読みの難解な漢字には新たにふりがなを付した。

詩は旧かな表記、散文は新かな表記とし、いずれも新字を使用した。

伏字は、推測できるもののみ［　］内に附記した。

詩

青白い星（抄）

母

あなたは針のやうに小さい
あなたはどうしてそんなに小さいんです
母さん、あなたを見ることが出来ない
どうしてあなたはそんなに
　見えないところにゐるんです

私は霧のなかを歩いて行く
あなたから遠い　見えない

保つものもない　支へるものもない
　内から外から拡がつて来る
　　闇のなかを歩いてゆく
母さん、あなたは見てゐるんですか

私の後から追ひかけて来る
それは飢ではない　寒さではない
孤独でもない
私のなかを通り過ぎる
私をゑぐる　私をうつろにする
母さん、あなたは見てゐるんですか

母さん
あなたの母さん
あなたの母さんの母さん
あなたの母さんの母さんの母さん
私の魂の出発点を私に渡した私の母さん

あなたの種族が私で終るんです！

母さん
私の恋人は何処にゐるんです
私の子供の母さんになるはずの
私の恋人は何処にゐるんです
私を待つてゐる港は何処にあるんです
母さん、あなたは見てゐるんですか！

母さん
どんなにあなたは小さいでせう
どんなにあなたは痩せてゐるでせう
　けれども母さん
　何にも見えないんです
　　私は歩いて行くんです
　　あなたは闇によりかゝつて
　　闇の縁をつかまへて

闇のなかを覗き込んでゐるんですか！

母さん
あなたにこの闇が見えますか
この鉄柵が見えますか
鳥が影のやうに飛んでゐます
空の袋になつたところを
鉄道線路がつきさしてゐます
私はどんどん歩いて行きます
けれどもこの闇の鉄柵が見えますか
この西の国の影絵が
あなたの瞳のうへに
さかさまになつて落ちて行きますか

母さん
貴方から私を引き裂く
私の人種から私を引き裂く

その力と組合つてゐる私が見えますか
私は人の母さんを奪つたんですか
人の母さんを二つにきり裂いたんですか
私は殺人者ですか
私は死骸の上を歩いてゐるんですか
　私は殺すために
　　生れないために
　　　私自身の死骸の上を歩いてゐるんですか

母さん
母さんっ《ママ》ていふものはみんな寂しいんですか
あなた達の瞳が空に昇つて星になるんですか
細くなつて、小さくなつて
光になつて飛んで行くんですか
　無限の距離のために
　　無限の輝きのために
空に昇つて行くんですか

私は奇蹟のなかに坐して
奇蹟を待つてゐる
太陽のない日に
星のない夜に

母さん
空は何処にあるんですか

母さん
地上は何処にあるんですか

母さん
私をとりまいて迫つて来るものはなんですか
あのはてしなく廻転してゐるものはなんですか
あのなんにも見えない闇はなんですか
雨でも　雪でも　霰でもない
私の上に落ちて来るものはなんですか

母さん、あなたは見てゐるんですか

母さん
石です
私のうへに石が落ちて来るんです
頭のうへに　腕のうへに
胸のうへに　脚のうへに
背中のうへに　心臓のなかに
上から
下から
後から
前から
この無限に落ちて来る
石の中心に坐つてゐるのは私ですか
私はもはや動かない
私はもはや感じない

私の中にある魂は
もはや私をこづかない
——なぜお前は
　人間に生れて来たのだ——
ただあの限りなく叫んでゐる声を聞く
石の上に石を重ねた
一番遠い石のなかから

私は横たはつてゐる
私の頭　腕　胸　脚　背中　心臓が
私の死骸のまはりに立つてゐる
「女は？」
「男は？」
「子供は？」
「動物は？」
「植物は？」
「動くものは？」

「動かないものは?」

遠い欧羅巴《ヨーロッパ》の寒い国や暑い国で
私の同胞が戦つてゐる
　　けれども私は動かない

母さん
あなたは見てゐるんですか
私のうへを子供が歩いてゐます
私のうへを女が歩いてゐます
私のうへを男が歩いてゐます
けれども、母さん
私の子供ぢやないんです
私の女ぢやないんです
私の男ぢやないんです
あの無限無終に私を追跡するものが
私のまはりに立つてゐるのです

石になつて落ちて来るのです
私のなかから　そとから
叫んでゐるのです

母さん
あなたは聞いてゐるんですか
あなたは覚えてゐますか
土の匂を
桃の花の花弁の数を
松の木の幹からはじけ落ちる皮を
泥を摑んで帰つて来る燕の赤い腹を

母さん
昨日はなぜ消えて行つたのですか
私の子供のときのことを覚えてゐますか
またあなたの子供のときのことを覚えてゐますか
そのときあなたは何をするつもりだつたのですか

母さん
あなたは聞いてゐるんですか？
あなたはまだそこにゐるんですか？
その見えないところにゐるんですか？

母さん
あなたは笑つてゐるんですか
どうしてあなたはそんなに小さいんです
あなたはなにもかも失くなしてしまつたのですか
あなたが針のやうに小さくなつて
私のなかにある私の一番深いところを射る

母さん
あなたはもはや闇の縁を去つたんですか
あなたはもはや私の最後をみとどけたんですか
あなたはもはや種族を越えた別な世界に行つたのですか
あなたのゐるところはどんなところなんです？

母さん
あなたは聞いてゐるんですか
あなたには耳がないですか
私は耳も眼も鼻もない真理の上に坐して
落ちて行く
母さん
落ちて行くんです
　地球とともに
　　廻転するものとともに
　　　戦場のない闇のなかを
　　　　生命を奪つて
　　　　　生命を奪はれて
　　　　　　永遠に落ちて行くのです

首

雨が降つてゐる
私の同心異体は何を聴いてゐるだらう
彫刻家T氏のアトリエに私の未完成な首は残されてゐる
それはまだ素材の油土《あぶらつち》に
大きな指の跡を劃して造形の揺籠の中に半ば眠つてゐるが
地球の円心から来る誘惑と同じやうなものが
黙黙としてかたまり　現実の空間に臨んでゐる
かしこに遠いT氏のアトリエに
私の別の魂は生れたばかりの柔かさで何を聴いてゐるだらう
私はかれの存在の全部を
中には鉛管をたくねたもののはひつてゐる不思議な物質を
高い廻り台の上に載せられた土の全質量を
自分自身の血と肉のやうに愛してゐる

それどころかいま私は
むかふの存在の中により多く生きてゐるのではないか
私は考へる　ほほゑむ　口元を引締める
私は黙黙として語らない土であり
アトリエの上に落ちる雨の音を聞いてゐる
そして遠くに彫刻家Ｔ氏の重い足音を知る
それが私なのだ
そしていま私は手と足と胴との為に別な私となつて
遥か達し得ない私を想ふ
私が虚無になり　遍在し　万有の根源に到達したとき
私は完全に一塊の土であり　また一滴の雨となつて
ありとある生活の戸口に訪れるだらう
私は路傍を吹く風であり
鋭い観照の中に愁ひを畳んだ巨人の瞳の中に生きる

雨が降つてゐる
Ｔ氏のアトリエではソファの後の黄色い引幕

それは沢山の人人の肌の香を吸ひ込んでだらりと下つてゐる
ずつと昔のギリシャ時代の瓶の蓋から洩れて来るやうな静寂
台の上にはロダンの腕が冷たくころがつてゐる
まだこの春以来　火を焚かれないストーブやその灰落し
セザンヌの自画像は沢山のキャンバスに蔽はれて見えない
梁の上を鼠が駆けて行つた
私の首は交錯する陰翳の中に　山の峡《かひ》にあるやうな諧調の中に
白い布を被つて黙してゐる
私は雨の音についてそのアトリエにはひつて行く
そしてその白い布をとつて額となり鼻となり口となる
そこで私の風貌は五年間飛躍する
吹雪を切る鷲の翼に乗つて性と種族と習慣とを突破する
ああ　彫刻家T氏の蛾のやうな眉の下から躍り出した奇蹟
その太い指の関節と関節との間から搏つて来るぬくみ
それが土の上に土を重ねた奥深いところで生命の根をおろす
私は完全に把握され　彼の最高の理想の上に花咲く
私は彫刻家T氏がアトリエに続く廊下をどしどしと踏んで行く見えない影を

地球の円心で感ずる
雨はほのかに煙り　どこか優しい女の寝息が
ごくこまかく方方のカーテンにリズムを送つてゐる
かうした秋の夜中に　黒いビロードのやうな沈黙の中に
私の首は到達し得ない私を待つてゐる
五年間の飛躍を黙想してゐる

昔の先生

先生！　昔の先生！
私は深い谷を渡つて来ました
私の身体は粉だらけです
先生！　昔の先生！
私は、あなたの指先から生れた
一匹の蝶々です
先生！　昔の先生！
私の歌を聞いて下さい
「叛けよ
小さい鼠
お前のなかには象がゐる」
——私はかう歌ひます
先生！　昔の先生！

私の歌を聞いて下さい
「叛けよ
小さい乙女
お前のなかには大蛇がゐる」

先生！　昔の先生！
あなたのアトリエの窓はどうしてみんな閉つてゐるんですか？
それとも、あなたはいらつしやらないんですか？
あゝ、用心深いあなたは、私がこつそりとはひれるやうに何処か開けて置いて下さつたのだ
私は、あなたのアトリエのまはりを廻りながら、歌ひます
先生！　昔の先生！
私の歌を聞いて下さい
「叛けよ
夜の鳩も　目高も　みみずも　紙切虫も　かなかなも　みんな叛けよ
白い花が赤い花になつて落ちるまで叛けよ」
――私はかう歌ひます
先生！　昔の先生！

私は何処からはひればいいんですか？

先生！　昔の先生！
あなたはきつと仕事で夢中なんですね？
私は、窓のカーテンの隙間から、一生懸命なかを覗いてゐます
あなたはいらつしやるんですね？
私には、あなたの白い仕事着が見えます
あなたの霜を置いた頭が見えます
あなたの屈強な指の節々が見えてきます
あなたの激しい息吹きが伝はつてきます
おゝ、あなたの匂ひで一杯なあなたのアトリエ！
先生！　昔の先生！
懐しい先生！
私の胸は喜びで一杯です
私は、あなたのアトリエのまはりを廻りながら歌ひます
先生！　昔の先生！
私の歌を聞いて下さい！

「羽搏けよ
ありとあらゆる小さいものよ
見えない星よりも小さいものよ
木の葉の末から　小波のなかから
起ちて太陽の門をくぐれ
光となつて飛べよ」
先生！　昔の先生！
あなたは、私の歌を聞いてゐられるんですか？

先生！　昔の先生！
私は、あなたの大きい耳を知つてゐます
先生！　昔の先生！
私は、あなたの影のなかにゐられるあなたの影を知つてゐます
先生！　昔の先生！
あなたは考へていらつしやるんですね？
私が飛んで来た深い谷よりももつと深いところで考へていらつしやるんですね？
あゝ、私の胸は喜びで一杯です

先生！　昔の先生！
懐しい先生！
私の歌を聞いて下さい
「叛けよ
叛きて　叛く日の聖歌隊に加はれよ
前から呼びて　後から呼べよ
呼びて応へる影のなかを踏めよ
上から飛んで来て　下から飛んでゆけよ
見えなくなつて　歌になつて
太陽の門をくぐれよ」
先生！　昔の先生！
あなたのいらつしやるところに私の歌はとどきませんか？

先生！　昔の先生！
あなたの心の窓はどうして開かないんですか？
先生！　昔の先生！
あなたは私を許して下さらないんですか？

あなたの指先から生れた一匹の蝶々を許して下さらないんですか？
先生！　昔の先生！
あなたは何か言つていらつしやるんですか？
え、私の身体についた粉をみんな振払つてしまへと言つていらつしやるんですか？
あゝ、私の胸は喜びで一杯です
先生！　昔の先生！
私の歌を聞いて下さい
「叛けよ
叛きて　叛く日のために悲しみを呑めよ
悲しみに満ちて　唇を血にて染めよ
赤くみなぎりて　野末を染めよ　足を染めよ……」
先生！　昔の先生！
私の羽は折れさうです
私の脚はもげさうです
なんにも見えないアトリエの窓に打ちつける私の眼は潰れてしまひます
先生！　昔の先生！
私はもう歌ふことが出来ません

先生！　昔の先生！
あなたは私の歌を聞いてゐられるのですか？
先生！　昔の先生！
ある日
ある朝
おゝ、懐しい先生！
もう私は歌ふことが出来ません
あなたのアトリエの窓の下に
一匹の蝶々が落ちて死んでゐたなら
それを私だと思つて下さい

玩具のやうな世界

――なんて馬鹿げた世界だらう！

――なんて玩具のやうな世界だらう！

欅の木があつて、人が腰かけてゐる。

私はひとりになつて歩いて行つた。私の後には何者かがついて来る。私は後を振向くことが出来ないのである。彼は通行人に向つて叫んでゐた。

――おい！　退け、退け！　見世物ぢやないんだぞ！

私は、そつと、前を向いたまゝ、その男に尋ねた。

――君は誰だね？

――俺はお前をあの世に渡す者だ
――ほう、どういふ工合にして渡すかね？　俺は喰はれても死なない男だ。

――お前がいくら歩いて行つたつて、歩いて行かない方向には歩いて行つてやしない。そこでお前をあの世に渡すのだ。どうだ。お前は冒険家だ。歩いてゆくところを歩いて、歩かないところを歩くことが出来るかね？

私は暫く立停つてゐた。そして急に後を振向いた。

――なんて馬鹿げた世界だらう！

――なんて玩具のやうな世界だらう！

欅の木があつて、人が腰かけてゐる。

私はひとりになつて歩いて行つた。私の後には何者かがついて来る。見えない何者かが、にやにや笑つてゐるのが判る。

――どうだね？　気持は
――ふん。（嫌な奴だ）

――一層のこと、戦争にでも行くかね？

――俺は　未成年者だ！

――ほう、お前にも嘘がつけるかね？　俺が召集令でも貰つて来てやらうか？

――お前は誰だ！　何処にもゐないところをみると、海賊王か？　でなきゃ前司法大臣だらう！

――俺は、お前をあの世に渡すものだ。

私は、彼を何処かに撒いてしまはなければならないのである。私は、ひとりになつて、息の続く限り走つてゐた。私をとりまいて往来が走つてゐた。

曲り角のところで、竹槍で突き殺された朝鮮人が立つていた。それは私でもあり私でもなかつた。到るところの曲り角に私でもあり私でもないものの写真が貼りつけてあつた。

なぜ私が、こんなに沢山いなければならないのだらう！　私は群衆の数と同じだけゐる！

私は騒動の量と同じだけゐる！　私が、○○のやうに、出鱈目に、はてしなく拡がつてゆく！

群集が群集を押止めてゐた。一人の男が一人の男にその理由を尋ねてゐた。一人の女が一人の女にその理由を尋ねてゐた。そして男と女と、女と男と、動くことの出来ない世界があつた。

——白いバラが赤いバラになつて落ちたんだとさ。

——いんや、赤いバラが白いバラになつて落ちたんだ！

——だつて、バラ位のことでこんな大騒ぎになることはないわ。

——さうだ。もつと大事件なんだ。

——吾々にも関係のある事件なんだ。

——それは、またどうして？

——それは判り切つてゐるぢやないか。大事件になればなるほど吾々に関係があるんだ。たとへば戦争……

——もし、もし、戦争があるんですか？

私は、私の上を踏んでゐる群集の下にゐた。私は、世界に向つて、「事件ぢやないんだ！　俺なんだ！」と一生懸命に叫んでゐた。けれども誰も私に耳をかすものはなかつた。誰も私を見覚えてゐるものはなかつた。私は、私を忘れた無限の足の下で、潰れていつた。そして私の心臓だけが、夢になつた。それは生きてゐた。生きてゐて、呼んでゐた。

――母さん、母さん、欅の木があるよ！
心臓のなかの母さんが、答へて言つた。
――あゝ、そして人が腰かけてゐる。
欅の木があつて、ベンチがあつて、人が腰かけてゐる。
――なんて馬鹿々々しい世界だらう！
――なんて玩具のやうな世界だらう！
欅の木があつて、人が腰かけてゐる。

兄弟

カンカンとコンコンとは土人の習慣に従つて、裸の腰の上にパパイヤの葉を縛りつけて歩いていつた。兄のカンカンは狩が上手で、弟のコンコンは釣が上手であつた。

兄のカンカンが言つた。

――お前、蛇をどう思ふ？

弟のコンコンが答へて言つた。

――僕は、長過ぎて長過ぎて仕方がないと思ふ。

それは月の美しい晩であつた。紫色の空に、果物を半分に截《き》つて置いたやうな月が浮いてゐた。そして、その果物には皮がなかつた。それが、次第に空を辷《すべ》り落ちてゆくのを、二人は残念さうに眺めてゐた。それはやがて地面に接した。その透明で、柔かい感触を、二人は惜しんでゐた。

月と狐とは彼等土人にとつて神聖であつた。彼等は、月なしでは、殆ど記憶といふ記憶を呼び起すことが出来なかつた。月は、地球のなかへも落ちていつたけれども、彼等自身のなかへも落ちていつた。それは彼等自身ではどうにもならないところへ落ちていつた。そして狐は、すべての動く動物にとつての鏡の役割を果したのであつた。狐を見ると、すべての動くものは、動く自分自身を意識した。狐は共通であり、同時に、すべての動くものを差別づけた。だから土人達は狐の面を祭つた。彼等は月と狐とから離れることが出来なかつた。月と狐とのなかに、彼等の過去かまたは未来かがあつた。

カンカンとコンコンとは孤児であつた。彼等はお互にどれ位長く孤児であつたかを忘れてしまつたほど、お互に孤児であつた。彼等は彼等の親達にどんなことがあつたのか知らなかつた。彼等は二人とも頑丈であつたが、カンカンは肩のところで頑丈であつたし、コンコンは腰のところで頑丈であつた。彼等は同じ一つの小屋のなかに棲んでゐた。けれども彼等は、彼等の知らない世界について語り合ふ方法を持たなかつた。彼等は、彼等同志の肉体を越えて、絶えず変化してゆく自然、または土人達の戦争やお祭り、さうしたものをどう理解していいか判らなかつた。したがつて彼等は、どこで生命が始まり、どこで生命が終るのか考へることが出来なかつた。彼等はいつもお互に頑丈で、それは退屈すぎる位頑丈な二人であつた。そして朝の太陽は彼等の艶のいい裸体の上で砕けた。そしてそこには、ただすべてのものが光のなかに拡がつていつた。そこにあるものは瞬間の積み重ね合はされたものであつた。カンカンにとつてコンコンは、コンコンにとつてカンカンは、それぞれ別な方向に向つて単に動いてゆくところの存在であつた。カンカンは弓矢を持つて林に行つたし、コンコンは釣竿を担いで沼に行つた。

それは月の美しい晩であつた。カンカンの腰のまはりの葉つぱは、青黒く小さい蛇のやうに動いてゐた。そして湿りを帯びた土の上には花の種がいつぱいにこぼれてゐた。カンカンは、それを素足で踏みつけながら、月に向つて近づいて行つた。それは、月のなかから二羽の鳥が飛び立つていつたやうに思はれたからであつた。それはそこから森が拡がり、河が流れていつたやうに思はれたからであつた。けれどもそれは記憶であつた。月は果物を半分に截つて置いたやうに、紫色の空に乗つてゐた。

カンカンはコンコンに言つた。

——俺は狩をするのが嫌になつた。

コンコンは答へて言つた。

——僕も釣をするのが嫌になつた。

そこで二人は、彼等の仕事の変化を求めて、その持場を換へることを約束したのであつた。その次の日から、カンカンは釣竿を担いで沼に行き、コンコンは弓矢を持つて林に行つた。彼等は、彼等の新しい仕事に充分骨を折つたあげく、すつかり疲れて、彼等の小屋に帰つて来るのであつた。コンコンが、林のなかでガラガラ蛇に喰はれた日、カンカンは沼のなかを泳いでその弟を救ふために走つていつた。カンカンは、コンコンの硬直した死体を担いで、それは夢のなかの恐怖に似た真暗いところを通つて、酋長の家に急いでいつた。

酋長は、カンカンに言つた。

——やつぱり占ひの通りだ。お前が俺の後をつぐ時が来たのだ。

カンカンは、彼の深い悲しみと驚きとのおかげで、部落の誰よりも尊い顔付になつたのであつた。そして、酋長のあとを継ぐ第一人者として選ばれた。彼の子孫は、次第に殖え拡がつていつた。けれども、彼が本当に棲んでゐる世界は、月の美しい晩であつた。そして、そこには花粉がこぼれてゐなければならないのであつた。さうした世界でだけ、カンカンは、彼とともに夜を分つたコンコンが、何処か遠くの方から囁いてゐるのを、感ずることが出来るのであつた。それはまた音のなくなつた夜、月のなかから、地球のなかから、木の葉のなかから、突然音が生れてくるやうに、彼の耳元に来て囁いてゐるのであつた。

——わたしは、兄さんにもわたしにも判らないやうな何かになつて、知られないところで、あなたを待つてゐるでせう。わたしの分は、まだお終ひぢやないんです。

舌

蛙の音楽を黙つて聞いてゐてはいけない。誰も彼もが聞かなければならないやうな音楽には、きつと大きな秘密が匿されてゐるのです。

一匹の親蛙が、沢山の子供蛙を集めて話しました。

「私達の祖先の蛙は、お前達が恐がつてゐる蛇をあべこべに呑んでしまふくらゐ大きかつたのです。それがどうして今のやうに小さくなつてしまつたか、その歴史をいまから話しますから、よく耳をあけて、心に留めて聞きなさい。――」

さう言つて、みんなを見廻した親蛙の額からは、小さい汗の玉が滲み出して来ました。子供蛙は、田の畔に行儀よく両手を揃へて、その話に聞き入りました。

さて、親蛙が話しだした物語は、次のやうなものであります。

「私達の祖先の祖先の大祖先の、本当の蛙には、立派な毛皮がありました。そして動物達の仲間にはひつて、声のいいのと、頭のいいので幅を利かしました。

それは、その昔の、あるお天気の続いた秋のことでありました。食物が沢山あつて、森のなかの動物達の世界は平和でありました。働くことにも、遊ぶことにもあきた連中は、月が空に昇りはじめる頃になると、森のなかの広場に集つて来ました。そして獣の王様のライオンも、あの長い房々した髯を撫でながら、みんなの様子を面白さうに眺めました。

するると、ある夜のこと、自慢話や議論の末に、誰かが、『月はどの位大きいか？』といふ問題を持ち出しました。

その問題は、動物達には、余り難し過ぎるので、流石智慧者の狸でさへ考へ込んで、お腹を眺めてゐるばかりでありました。やがてのこと、猿が得意さうに眼を大きくむき出して言ひました。

『かういふ問題にかけては、やつぱり私の智慧でなくてはならないのです。皆さんも御存じの通り、このすぐ側に池があります。一寸少しばかり身体を動かして下さい。さうすれば、月はどのくらゐ大きいかといふことを、皆さんに納得のゆくやうに寸法を計つて差しあげます。』

猿は先に立つて歩き出しました。他の者達は、半信半疑で、猿がどんなことをするのか見るためについて行きました。

池の面は、夜の空気を吸ひ込んで、一層静かでありました。その拭きあげたやうな面の上に、円い月が浮いて居りました。

『ほら、あそこに月の影が乗つてゐる。あれをつかまへて寸法を計ればわけのないことさ。』

猿は、長い尻尾を岸の小枝に巻きつけて、長い腕をゴムのやうに引き延ばしました。

けれども、猿の手がその月を摑まうとすると、月はその影をこはしてしまひました。そして、無数の小さい月となつて、波紋に乗つて、拡がつてゆきました。

『まあ、大体、俺の掌にはひる位の大きさだつたらう。』猿は、多少失策だとは思ひながらもさう妥協を申し込みました。他の動物達も反対するほどの理由がないので、やつぱり半信半疑のまゝ、そこに立つて居りました。

するとと、いままで池の岸に身体をひそめてゐた、私達の祖先の祖先の本当の蛙が、頭をあげました。そして涼しい声で言ひました。

『そんな馬鹿なことがあるものか、いま月の影が流れて来て、私の足の甲を捉まへてゐるところをみると、月の大きさは、充分にこの池だけの大きさはある。』

蛙にさう言はれてみると、誰も、猿の言つたことをそのまゝ信ずるわけにいかなくなつてしまひました。みんなもとの場所に引き揚げてゆくと、様々な議論が出て、月はどのくらゐ大きいか、話が纏らなくなつてしまひました。

すると、狼が、眼を光らせながら進み出て来ました。そして言ひました。

『俺の考へはかうだ。夜になつて月が出ると、俺達のゐる野や山も、光に照らし出されて、真白になる。けれども、山の麓の人家にだけは灯がつくのを誰も知つてゐるだらう。それが、人間共の世界には、月がないといふ証拠なのだ。だから、月の大きさは、山のてつぺんから、山の麓の人家のあるところまでの大きさだといふことになるのだ。』

さう言つて、みんなの顔を見廻した狼の額には、断乎たる決心の色さへ浮かんでゐるのでありました。

けれども、みんなの間に挟まつて小さくなつてゐた蛙が、第一番に異議を申し立てました。

『そんな理窟は成立つものぢやない。狼さんは、人家のあるところに乗り込んで行つて、調べて来たわけぢやない。自分が人間共のなかに飛び込んで行く勇気のないのと、月の大きさとを一緒にしたんでは、人間共の言ふ糞と味噌とを一緒にしたことになるのだ。』

それを聞くと、狼は、身体を震はせて憤りました。狼は、自分が「勇気」がないと言はれることを我慢することが出来ません。それで、蛙に飛びかゝつて、勇気があるかないか知らせてやらうと、牙を鳴らして身を構へました。けれども、ふだん狼と仲の悪い猪《ゐのしし》が、後から狼を抱き留めました。そして騒ぎたててゐた動物達は、一先づ静かになりました。

『みなさん達は、どうしてさう騒々しいのですか。』いままで、黙つて、木の葉の着物を着流して立つてゐた、楡が高いところから女のやうな声を出して、みんなに呼びかけました。

『御覧なさい、こんな判り切つたことで議論するまでのことはないではありませんか。』さう言つて、楡はその袖を空にさしあげました。『ほら、月が私の袖のなかに隠れてしまひました。月の大きさはこんなものです。これなら議論の余地はないでせう。』

動物達は、隠された月の方に眼をあげました。みんなが空を見守つてゐるときに、暗い蔭のなかから、蛙が地べたを叩いて、言ひました。

『みんな地面を見るがいい。こゝに写つてゐるのが、楡の影だ。楡の影はこんなに小さい。それに較べて、それをとり巻いてゐる白い月の影は、果しもなく拡がつてゐる。月が楡の袖よりも小さいなんて、みんな手品さ。出鱈目のイカサマ芸当さ、そんな、すぐに襤褸《ぼろ》の出るやうなお説教に瞞されてたまるものか。』

他の動物達は、一斉にその地面の方を振り返りました。それは、まつたく蛙が言つたとほりでありました。動物達は、少々この難題をもて余して、お互の顔を見較べるのでありました。すると、いままで隅の方で黙つてゐた熊が、大きな膝を前の方に乗り出して来ました。熊は、早くから言ひ出したくて仕方がなかつたのですが、性分の用心深さと、羞しがりとから、今まで我慢してゐたのでありました。

『この問題については、やつぱり私が証人に立たなければなりませんかね。私が親代々から受けついで来た紋章は、その実物の月を形どつたもので――』熊は、吃り吃り話しながら、その月の輪を示すために、立ちあがつて、首を突き出しました。その恰好が余り可笑しいので、他の動物達は、みんな笑ひ出しました。そして口々に、『そんな光らない月は駄目だ。』『正直は馬鹿のうちだつてね。』『誰が本気にするものか。』そんな工合に囃し立てながら、真赤になつて憤つてゐる熊の前で、足を踏み鳴らして騒ぎました。

さつきから、超然として、学者のやうな顔をして、みんなを見下ろしてゐた狐は、王様のライオンの方に身体をすり寄せました。

『諸君!』と、彼はまるで訓示でも与へる者のやうな工合に胸を張り出しました。『諸君達の議論は、大概それで尽きたことと思ひます。王様も、大変お慰みになつたことと想察します。そこで今晩は、その問題はこのくらゐのところで打切りたいと思ひます。なぜならばこれより以上論じあつても、結局同じことだからであります。月の大きさは、その光にあるのであつて、それは到底計ることの出来ないものであります。それは丁度、王様の勇気を計ることが出来ないのと同じことであります。強くて立派なもの。たとへば、王様の勇気がどのくらゐ大きいかといふことを、誰が計ることが出来ませうか。――』狐は、さう言ひきつて王様をかへり見ました。

追従の好きなライオンは、狐の言葉を聞くと、眼を細くして鷹揚にうなづきました。

『けれども』と、暗い蔭のなかから小さい声が、異議をさし挟みました。『けれども、王様の勇気がどのくらゐ小さいかといふことも、また、誰が計り知ることが出来ませうか。』さう大胆に言つたのは、私達の祖先の、祖先の、大蛙だつたのであります。

それと同時に、王様の眼が大きく開いて、鬣《たてがみ》が逆さまに立ちあがりました。『無礼者！　前に出ろ！』その怒号が破れる鐘のやうに響き渡りました。そして、その声の下から、狐が何か合図をしました。さうすると、いままで蛙にやり込められてゐた連中が、蛙を引きずりだしました。そして、蛙他の動物達も一緒になつて、蛙を取り囲んで、噛みついたり、引裂いたりしました。そして、蛙はたうとう形のない死骸になつて横たはりました。

けれども不思議なことには、その舌だけはどうしても死にませんでした。声の出ない舌が、まるでなにごとかを争ひ続けてゐるかのやうに、左右に跳ね上りました。それを見てゐた動物達は、次第に気味が悪くなつて来ました。そして、このまゝ捨てゝ置くのは縁起が悪いといふことに一決して、そのなかの選ばれたひとりが、その舌を根元から嚙み切つて、川に持つて行つて捨てました。」

そこまで話し続けてきた親蛙は、額の汗を片手でこすり落しました。そして、その話に聞き入つてゐる子供蛙達に向つて、更に声を改めて申しました。

「それから私達の歴史が始まつたのです。その死なない舌は、どうにかして昔の姿に帰りたいと思つて川のなかを流れ続けました。そのうちに、その舌から、手や足や、頭さへ生えて来ましたけれども、昔のやうな大きさにも、毛皮に包まれた身体にもなることが出来ませんでした。だから冬が来ると、土の下に隠れてゐなければならないのです。これが現在の私達蛙の始まりです。

――」

「だから、お前達は私の話したことをよく記憶して、心の底に留めて置きなさい。そして、お前達はこれから決して本当のことを言つてはなりません。なぜなら、そのために私達はこんなに小さくなつたのだから。それからまた、お前達は決して嘘をついてはなりません。なぜなら、私達は、その舌の努力と苦しみとから生れて来たのだから。そして、私達は動物の世界である山と、人間のゐる村との間をとりまいて、私達の追憶と祈願の歌を唱ひ続けるのです。」

さう言ひ終つてから、親蛙は自分自身に説明するやうに、「私達の苦悩の大きさが、月の大きさになるのだ。」と、つけ加へました。そして、子供蛙と一緒に足を揃へて、浅い田の水のなかに水音を立て、飛び込んでゆきました。

青白い星

去年の雪が遠くなり、野の罌粟《けし》の花が遠くなり、小さくなつた空が遠くなる。私は横たはつて、地層を溶き、地層を遡る。

土のなかの一番暗いところで、一番手近いところで、見えなくなつた私を心配してゐるのは、私の父さんと母さんとである。

父の語れる。

――お前の父は墓場からあがつて来て、も一ぺん足に鎖をかけて、お前の前を歩かなければならないのだらうか？　お前はお前のなかにないものを、お前にしようと思つてあがいてゐるのだ。お前は真暗い洞穴のなかに降りていつて、何にも獲物のないところに網をかけてゐる蜘蛛のやうなものだ。お前のかけた網がお前の世界だ。お前はゆすぶつたつて、もがいたつて、お前の世界に引懸つてゐる。もしも私がお前を自由にするなら、私は蓑虫《みのむし》のやうに小さくなつて、お前の網に吊されるよ。

母の語れる。

——お前はひとりぽつちだね。お前は孤独さへ、まだ孤独でありきれないと思つて逃げ廻つてゐるのだ。一体孤独は何処にあるのだね。海の水はいくら逃げて廻つたつてやつぱり海の水だ。お前は自分の瞳をえぐり出して見える世界から孤独になることは出来ない。お前は生きてゐるのだ。まだ生きてゐて、生きてゐないものと同じやうに、孤独を失つてしまふのだ。お前は何処にもゐなくて、何処にでもゐるもののやうに叫んでゐるのだ。お前が生れて最初に踏んだ土の下に私達はゐた。私達が孤独なのだ。私達がお前のために空に吊されるよ。

けれどもお待ちなさい。あなた達の岩を割るのは私です。地球の重心を打ち抜くのは私です。私の生れるのは春、月は五月です。私は掌のなかに青白い星を握つてゐる。

光（抄）

星

あなたは
高い落ちないところで光つてゐる
あなたの射散らす
銀の針は登ることが出来ない
「私のゐる下界は
　うんざりしますよ」
「あなたのことを考へるのは
　時代遅れだつて

心ない青年が言ひました」
あなたは
やつぱり下界のことを思ひ出して
雲の床を払つて
一生懸命で銀の網を投げてゐる
「あなたには申訳ないんですが
やつぱり蠢いてゐるんです」
「どうして生きてゐるかつて？
私の肉身が
私を憐れんで
私に銅貨を分けて呉れます」

あなた達は
空の真中で
清い愛情の輪を造つて
対等なものの間で話し合つてゐる
「私達は騙し合つて

袋道のなかで先を争つてゐます」
「私達は開かない奇蹟の花を握つて
誰が一番辛棒するかを
誇り合つてゐます」

あなたの瞳が
真上に来て
どつちに動いても
詰問する光の言葉を投げおろす
「私は決して
自分を弁護しません」
「登つても登つても
とどかないので
冷たい銅貨を握つてゐるのです」

あなたは
絶望を知らない一番高いところから

絶望の谷に光を投げる
あなたの呼び声で真夜中が一杯になる
「私はこゝにゐて
　どうしていいか判らないのです」
「私は立ちあがつて
　四足を伸ばして
　　通じない動物の言葉を
　　　空に投げあげます」

あなたは
拭ひあげた夜の空で
孤独がどんなものであるか
尽きないものがどんなものであるか
遠い光の源から合図する

聖歌隊

雨の歌へる

――私の来るところは暗い。

――私の来るところは高い。

――私の達するところは深く遠い。

――私は空砲、桐の紫筒状の花を打つ。

――私は悲しみの谷に来る。そこに白い十字架を建てて、十字架の上に降る雨になる。覚めても寝ても、雨になつて落ちる。

――私は洪水のなかに小さい箱船を浮べて、私の夢を漂はせる。

――私は宵の口に曇り、闇のなかで明るくなる。私達は私達の法を守る。私達は「愛」の死の葬式の列に、青ざめた喪服をつける。

――私は夜に日を次いで、見知らぬ路次に落ちる。赤い板の段々を踏んで、別れに接吻するとき、「さよなら」「さよなら」、瞬間がきれて、すべてのものが動かなくなる。結んで離れないものが訣別になる。

――私は魚族の思ひでのなかを旅して、空に拡がり、孤独を呼び集め、遠い峰と遠い波との間で歌ふ。

――私が光になつて、消えるときは、前もなく、後もなく、方角もなく、ありとあらゆる最高の喜びが合唱する。

――私の帰つてゆくところは暗い。

――私の帰つてゆくところは高い。

――私の達するところは深く遠い。

料金受取人払郵便

博多北局
承認

7067

差出有効期間
2016年3月13
日まで
（切手不要）

郵便はがき

812-8790

158

福岡市博多区
奈良屋町13番4号

海鳥社営業部 行

通信欄

通信用カード

このはがきを，小社への通信または小社刊行書のご注文にご利用下さい。今後，新刊などのご案内をさせていただきます。ご記入いただいた個人情報は，ご注文をいただいた書籍の発送，お支払いの確認などのご連絡及び小社の新刊案内をお送りするために利用し，その目的以外での利用はいたしません。

新刊案内を［希望する　希望しない］

〒　　　　☎　（　　）

ご住所

ご氏名《フリガナ》

（　　歳）

お買い上げの書店名

中野秀人作品集

関心をお持ちの分野

歴史，民俗，文学，教育，思想，旅行，自然，その他（　　）

ご意見，ご感想

購入申込欄

小社出版物は全国の書店、ネット書店で購入できます。トーハン，日販，大阪屋，または地方・小出版流通センターの取扱書ということで最寄りの書店にご注文下さい。なお、本状にて小社宛にご注文下さると、郵便振替用紙同封の上直送いたします。送料無料。なお小社ホームページでもご注文できます。http://www.kaichosha-f.co.jp

書名		冊
書名		冊

噴泉の歌へる

あたし達は涙です
――あなたは右から登りなさい、あたしは左から登る。
――初まりが終りになつたところで、終りが初まりになつたところで、
あたし達は接吻する
――あなたは高いところから呼びなさい、あたしは低いところから呼ぶ。
――登り尽して降り尽して、なんにもないところで、
あたし達は恋する
――あなたは左から登りなさい、あたしは右から登る。
――悲しみが青い空になつたところで、憂ひが白い雲になつたところで、
あたし達は歌ふ
――あなたは低いところから呼びなさい、あたしは高いところから呼ぶ。
――別なものが同じものになつて、同じものが別なものになつたところで、
あたし達は涙です

林の歌へる

銀の雨降るなかを
金の雨降るなかを
あたし達は頬を脹らまし　脹らまし
片頬にて　接吻《くちづけ》を渡し　渡し　土のなかへ　なかへと踏む
あたし達林の家族は　みんな　土を踏み　踏み歌ふ
一番小さい裸木を抱いてゐる一番大きい裸木が言ふことには
――みんな踏み　踏み　命の嵐を　土に植ゑ　土にこめ　土のなかで祝ふ

あたし達は右に揺れ
あたし達は左に揺れ
あたし達は　登り　登り
横を向き　前を向き　重なり　重なり合ふ数を数へ合はせる
あたし達は　みんな靴をぬぎ

あたし達は　みんな裸になり
あたし達は　あたし達の知らないあたし達のなかから歌ふ
風があたし達の上を飛び越し　あたし達を包み　あたし達を運んでゆく
あたし達は　風の底で　風に戯れ　風に揺られ　揺られながら風の歌を歌ふ

銀の雨降るなかを
金の雨降るなかを
あたし達は　光を投げ　闇を投げ
頭の簪《かんざし》を　傾け　傾け　空の窓から降りて来る
あたし達林の家族は　みんな同じところに降りてきて　土着の歌を歌ふ
あたし達は　虹のなかから虹を呼び　裸の未来を裸で歌ふ
——みんな並び　並び　声を合せて林の歌を歌ふ　あなたの歌を歌ふ

キリギリスの歌へる

あたしは
あたしのなかで葉の繁る闇である
遠い地球の裏では　嵐が起り　百千のキリギリスが死んでゆくといふとき　あたしはあなたの歌を歌ふ

あなたの来るのは遅い
だが　あなたの来るのは速い
あなたが　あたしの恋人であつたとき　あたしは薔薇の花を開き竜胆《りんだう》の匂ひを嗅いだ
あなたが　あたしの恋人であつたとき　あたしは　遅い時間の夢のなかで　あなたの瞳に接吻《くちづ》けた
あなたの来るのは遅過ぎる
だが　あなたの来るのは速過ぎる
あなたは　真夜中に　過ぎ去るものの裾を引いて　あたしの戸を叩いた

あなたは　月が記憶を与へるところ　影のなかに匿れて　影のなかで匂つてゐた
あなたと　あたしの仲を割いたのは　あなたでもなければ　あたしでもない
あなたの来るのは遅い
だが　あなたの来るのは速い
なにもかも　過ぎ越す彼方　あたし達の夜明けは　雨と霧のなかで震へてゐた
空は　大根の葉裏のやうに白く　そのなかを黒い鳥が飛んでいつた
あたし達は　鶏舎《とや》に吊された鮑の殻の鳴るのを聞いた

あたしは
あたしのなかで葉の繁る闇である
あたしは　月のない夜の紺色の　雨より暗い　暗い地球の自転の腹から歌ふ
あたしは　誰も彼もの胸のなかに棲むといふキリギリスの歌を歌ふ

流れの歌へる

あたしは　麦の穂を啣《くわ》へる
あたしは　菜の花を心臓に挿す
あたしは　あたしを憎み　あたしを容れなかつた世界の　まつただなかを流れる
流れは　遠く　伸びあがり　光あるところ　あなたの水門を叩く
流れは　流れを飲む階段の　空に開く窓に　髪の毛を結んで懸ける乙女を見る
流れは　髪の毛を数へ　暗いトンネルのなかに落ちてゆき　地球の外に落ちる
あたしは　あなたの情熱の黒い墨の上を流れる
あたしは　太陽と稲妻の沈む果てを流れる
流れは　夢ひとつなる空に　緑の枝を翳《かざ》して流れる
あたしは　嵐を呼んで流れる

夜鳴く鳥の歌へる

夜鳴く鳥は
寒いから鳴くのではない
夜鳴く鳥は
夜鳴く鳥の　影を裂き　裂き　鳴く
夜鳴く鳥は
夜鳴く鳥の　羽を拡げ　羽を畳み　羽のなかを飛んでゆく
夜鳴く鳥は
夜鳴く鳥の　心臓のなかを飛んでゆく　赤い血の糸となつて　月のなかを飛んでゆく
夜鳴く鳥は
寒いから鳴くのではない
夜鳴く鳥は
霜夜の水晶の庫のなかで　影になり　影を裂き　青い光の窓から　飛び去り　飛び去り　鳴く

月の歌へる

あたしは白き門に倚《よ》りて歌ふ
――もしも　これが　この世の愛であるならば
あたしは涙の池のなかで　白くなり　光になり　溜息となつて　見えないあなたの額に　接吻《くちづ》ける
あたしは　あなたの呼声に寄り添ひて歌ふ
――もしも　これが　この世の愛であるならば
あたしは井のなかに落ち　井のなかを満たし　はてない夜の穹窿《きゆうりゆう》に向つて手を差し延べる
あたしは　生命の桶から　扱みあげられる　血の滴りを聞きて歌ふ
――もしも　これが　この世の愛であるならば
あたしは　羽を拡げた彗星のやうに　波を呼び　光を集め　あなたの胸にいつさんに走つてゆく
あたしは　あなたの怖れを抱きて歌ふ
――もしも　これが　この世の愛であるならば
あたしは　青白い　研ぎ澄まされた　平たい　丸い　鉈となつて　あなたの影の上に落ちてゆく

あたしは　井のなかに落ちた花びらを　あたしの胸に縫ひつけて歌ふ
——もしも　これが　この世の愛であるならば
あたしは白き門に倚りて歌ふ

緑の星の歌へる

家疎なるあたり
緑の岡傾くあたり
夕暮の風に乗つてゐる　あなたの星！
梨の花は白く　白きが下に　大地は黄色い地肌を拡げる
乳房から　白い液体を飲んだ仔牛の夢や　柳の蔭の人声に落ちてゆく　あなたの星！
新緑　五月の夜の驚異を　緑の沼の　緑の影に囁く　あなたの星！
緑の星の　緑なす光に戯れて　疲れまどろむ若葉に歌ふ　あなたの星！
あなたの生れた月　あなたの生れた日　クローバーの葉開き　葉閉ざせる夜　あたしは尾を引いて羽搏き　新しい生命の恐怖のなかを飛んだ
あなたの誕生は　あなたへの反逆　恋人は恋人に叛き　友は友に叛き　その日より　星座を離れたあなたの星！
喪失を生み　喪失に生き　別れ別れに飛んでゆく　その日より　あなたの地球に身を寄せたあなたの星！

菜の花の黄色きは遠く　光薄れて　漂ひ疲れし　あなたの星！
あなたは　涙の河を渡つていつた！
その日より　あたしの歌は　喪失の歌！
家疎なるあたり
緑の岡傾くあたり
夕暮の風に乗つてゐる　あなたの星！
あなたの生れた月　あなたの生れた日　あたしは思ひで遠く　空の星座に帰つて　失へるものに
　合図する

波の歌へる

あたし達は
流れ　そして走る
あたし達は　縁の欠けた硝子の壜を拾ひ　壜のなかにはひり　壜の内と外から冷たく苦い短刀を
　呑む
あたし達は
投げ出し　そして委せる
あたし達は　舞ひさがり　舞ひあがり　お母さんが赤ん坊を抱いてゐる　星あかりの窓に忍んで
　ゆく
あたし達は　伸びあがり　高まり　梯子になり　内から照らされ　底のない底のうへに空を敷く
あたし達は　深くて　とどかないもののなかに　ぎつしり詰まり　押し合ひ　囁き　裸の星が
　裸の心臓のなかを泳いでゆくのを見る
あたし達が透明になつて　透明のなかからあたし達が　あたし達の波をさし上げる
あたし達は　あたし達を忘れて　合唱する――そら来た　波が来た　なんでもかんでも持つて

波が来た　波の花　波の鳥　波の夢　そら来た　波！
あたし達は　海藻のなかから抜け出し　真白い素裸となつて　重なり重なり合ふものの輪となつて　虹となつて踊る
あたし達は　あたし達の波を胴あげにして　果てない果てのないところへ落ちてゆく
あたし達は　あたし達の唇を　あたし達の唇に押しつける
――愛する　愛するひと　瞳の　瞳のなかに住んでゐる　愛する　愛するひと　あたしの世界
あたしを破壊し　あたしを創造するひと！
あたし達は
空を呑み　遠ざかり　うねり　ほのかに暗いところで歌つてゐる
あたし達は　あたし達の失へるもののうへに　渦を巻き　水尾をひき　跪き　水沫《しぶき》の白い布を被せる
あたし達は　金色に光り　銀色に光り　黒い喪服に濡れて　見えなくなつて　水死人の棺を運んでゆく
あたし達は　狭い門の前で　ほのかに暗いところで歌つてゐる
――どうして　どうして　死んだの？　どうして　どうしてあたし達のなかに飛び込んで来たの？　どうして　どうして　記憶は蘇り　死の門の彼方から歌つてゐるの？
あたし達は　お母さんが赤ん坊を抱いてゐる　白い蠟人形と共に　影のなかに写る影のまはりを

泳ぎ泳ぎ　沈んでゆく
あたし達は　死を数へ　そして生を数へ　あたし達の波を追つて　ある日　ある夜　目覚めない
水のなかから　蝶々のやうに群れて出る
あたし達は　あたし達の上へ上へと高まつてゆく波に乗つて　波の蔭から　波を呼ぶ
あたし達は　ゆき尽し　断崖の下に集り　濡れて重たくなり　涙の谷に落ちてゆく
あたし達は　一杯になり　動けなくなり　その刹那に手をさしあげて　陸を呼ぶ
あたし達は　瞬間に合ひ瞬間に別れる悲しみのなかから　恋人を呼ぶ
——愛する　愛する陸！　海のなかに落ちて　海のなかから歌ふ　あなたの愛する　愛する海！
あなたの面影のなかに落ちてゆくあなたの歌！　あなたの愛する海の歌！
あたし達は　もはや見えないところで歌つてゐる
あたし達は
あたし達の歌声に耳を傾ける
あたし達の歌声が　あたし達を呼ぶのを聞く
あたし達は　津波になつて　愛するひとへ押し寄せてゆく

聖歌隊

未来の子供達が　あなた達を待つてゐる
未来の子供達が　列をつくり　手をさし伸ばして　空気の窓をあけ　見えない窓に向つて前進する
暗い日の　風のなかに棲んでゐるもの出て来い！
あなた達　聖歌隊が近づいて来る！
聖歌隊の歌と　聖歌隊の足音とが近づいて来る！
緑の沼の　月に泳ぐすべてのもの出て来い！
あなた達聖歌隊は　あなた達を待たなければならない日に　あなた達を待つてゐる　この世の世界に近づいて来る
あなた達は　極限の上に昇る光の　縦横な手のなかに　制約された聖歌隊となつて近づいて来る
未来の子供達が　未来の街々に充満し　あなた達を待つてゐる
未来の子供達が　未知なる花を振り翳し　その近づき迫る　創造の聖なる祭日に　あなた達の歌

を歌ふ
かつて　あなた達は　吹雪のなかを走つていつた　空気の結晶を噛んで　白い虹の上を傾きつゝ
走つていつた
だから　あなた達は透明なのである
かつて　あなた達は　氷にして　火であつたところの　あなた達自らであつたところのあなた達
が　あなた達自らでなかつたところの　拍撃のなかを走つていつた
だから　あなた達は光輝なのである
かつて　あなた達は　あなた達の肉体に鑿《のみ》を打ち込み　あなた達をそこで顚倒させたところの
悪魔の子等の　地獄の淵を走つていつた
だから　あなた達は多彩なのである
かつて　あなた達は　あなた達の恐怖を　人類の車体骨《ママ》に生みつけて　あなた達の知らない恐怖
のそとへ走つていつた　なんにも見えないところへ走つていつた
だから　あなた達は帰つて来るのである
あなた達　聖歌隊の歌と　聖歌隊の足音とが近づいて来る
あなた達聖歌隊は　彗星の尾に乗る　空の緑を飛び抜けて　夜を日に次いで　待望の胸に向つて
落ちて来る
雨の国の　涙のなかに棲む悪魔の子等よ出て来い！

未来の子供達が　あなた達を待つてゐる
死者の街々は　死者の街々の窓を開き　その震動のなかに死者の窓を落す
音のない音のなかで　蠢めく幻影の子等よ出て来い！
あなた達聖歌隊は　あなた達によつて悪魔であるところの　あなた達によつてあなた達を盲目に
したところの　あなた達の裔なる悪魔の子等の　満願の日の　満願の瞳に合図する　あなた達
が　あなた達に充満するときに　あなた達の歌が　人類の夜明けを歌ふ
あなた達聖歌隊は　あなた達の肉体が　あなた達にとつて約束したところの　一切の謎に自騰し
つゝ　あなた達のものであるこの世の世界に近づいて来る
あなた達は　手をあげて極北を払ひ　黄色い風の吹くなかを　落ちながら　登りながら　走つて
いつた日の　遠い記憶に虹を懸け　空の使ひとなつて帰つて来る
あなた達　聖歌隊が近づいて来る！

未来の子供達が　あなた達を待つてゐる
未来の子供達が　あなた達を通り過ごさせないために　土に耳を当てて待つてゐる
あなた達の歌が　彼等の口に合唱する　その一番早いあなた達の訪れを迎へるために　彼等は彼
等の口を開ける
あなた達の脚が　彼等の脚を借りる　その一番早いあなた達の前進を迎へるために　彼等は彼等

の脚を揃へる
あらゆるものを喰ひ　あらゆるものを孕む　腹のなかから生れて来るもの出て来い！
颱風の眼のなかで　血の真空を踏むものよ出て来い！
月の上に乗つた月から　月が落ち　日蝕を喰つた日蝕のなかから　日の輪が落ちる
鉄が　鉄の波となつて　鉄を截る　その截断の津波のなかから　未来の子供達が　未来の歌を歌ふ
霧のなかを　霧とともに登り　雨のなかを雨とともに登り　未来の子供達が　あなた達聖歌隊の歌を歌ふ
空と土の間に　空と土が進んでゆく　未来の子供達が　未知なる花を振り翳して進んでゆく

散文

第四階級の文学

文学も効用漸減法に支配されるものである。何と云っても文学を哺《はぐく》むに最も適した土地は貴族社会であった。寝て居て食える社会であった。閑人の社会に文学は生れる。けれども掘り返され掘り返されする内に、此の土地に投ぜられた資本及び労働に対する報酬は減って来た。播かれた種が皆な鳥に攫《さら》って行かれたり、唐茄子に糸瓜《へちま》が実ったりして来た。そこで勇敢な人々は第三階級の土地に出掛けて行った。そこでは見慣れぬ珍らしい果実や野菜やらが出来た。今までの沈滞した一律的な文学は、明るい伸々とした世界に出て来た。けれども新らしい文学も旧くならずには居ない。真紅に咲き爛《ただ》れた椿の花がぼったりと崩れ落ちる様に、咲き遅れたダリヤががっくり前につんのめる様に、むれた風通しの悪い文学はしっかりと根を張った意地の悪い、けれども「力」に満ち満ちた文学に変って来た。第四階級の文学に変って来た。が新しい土地を開拓するには忍耐と勇気とが要る。只上面を眺めて雑草ばかり繁って居るので早くも失望してはならない。無知な無学なプロレタリヤにどんな文学が生れようか、まして日本の労働者と来たら、物質的で飲食と色情と安価な人生観とで固まって居るのだから、堪らないと云う人は、人間の心の小さいいきさつを知り得ない人である。微動する自然の耳語《じご》を気付かない人である。そしてまた第四階級の文学は労働者自身によって企てられるものだとは限らない。寧《むし》ろ文学が労働服を着るところに意義を見る。同感或は情緒、これこそ一切の文学の核心ではないか。吾々は丹念に仕立上げる花造りの様に気永《きなが》に待たなければならない。と云って私は決して文学が階級的意識によって成長するものだなどと主張するのではない。そして又此の新文学が、過去一切の文学に卓越したものだなどと思うものではない。只此の新《あた》らしい処女地に生え出でんとする文学に対して、多大の希望と喜びを禁じ得ない者である。

　文学は全人類の精神の糧である。そして文学はそれ自身に於て正義と自由との味方である。解放が文学の本質である。されば其の美的観照が虐げられたる第四階級に行こうとするのは当然の事であろう。文学が労働と苦難とを愛する様になったのは何が故か？　文学は常に虐げられたる者の内に巣食って解放の口火を付ける。文芸復興も仏蘭西《フランス》革命も露西亜《ロシア》革命も皆な文学を背景として演ぜられた。人類の歴史に永遠に波打つデモクラシーの力も、不平等を覆えそうとする文学の呼号によって動かされた。然し文学は方便ではない。だから自由平等の社会が生れた時に文学は益々光るであろう。けれども果して自由平等の社会が実現され得るものであろうか。自我と社会との合致は如何なる意味に於て如何なる形式に於てなさるべきか？　之《これ》等は社会政策や哲学の論議にまかせよう。吾々が現実に文学を考えるに当っての問題ではない。文学は感情そのものである。文学は某々主義と同居してはならない。文学は常に正義と自由とに行くけれども、正義と自由とに囚われはしない。故に文学の価値はその感情の聡明さの程度によって判断せられるとも云える。がさて吾々の文学に対する興味が、第四階級に触れる時に最高潮に達するのは何が故か。それは之が全く新しい文学だからである。そして吾々の感情が第四階級に対する熱愛に燃ゆるからである。今や第四階級を除いては文学の行くべき道はない。それは幸か不幸か知る由もない。水の低きに就く様に文学の本流は茲《ここ》に流れ落ちて来る。これには色々異存もある様であろう。けれども事実が之を証明しつつある様である。日本に於ても、二葉亭や啄木の方が、漱石や樗牛《ちよぎゆう》のものよりも現代人により多くの感銘を与えんとする傾向がある。猫の道化や滝口の煩悶は、エンジンやベルトが騒音を立てて居る現代生活に於て縁遠い所がある。国内革命国際革命社会闘争の活劇が演ぜられて居るのに、吾々は何を以て之に盲すべきであろうか。それにしてもあるが儘《まま》の世界をカットし来って、現代の悩みもさては希望も指示し得る巨匠はないのか。月見れば千々に心の砕くる微温さは憎むべき哉。露西亜を見よ。露西亜は形に於て破れたけれども魂に於て全《まつた》からんとする概がある。汝の手悪を為さば切って捨つ可しと云う意気込である。さればあこがれの文学は早くも民情派のセンチメンタリズムを突破して、社会闘争の舞台に上った。深刻失望亢奮繊細次第にもつれて行くモダニストの行き方は、社会制度の真髄に触れねばやまぬ。インテリゲンチャの幻滅を歌ったチェホフは、現実の荒野を跣足《はだし》で彷徨った翼なき天才であった。モウパッサンの「笑いの中の涙」に対してその「涙の中の笑い」は如何に面白い消息を語って居るではないか。更に血で以て「意力」の壮美を描いたゴルキーの現実は「曾て人間であったところの動物」

の旗揚物語である。然も彼等の主観は客観の全き姿を取って現われて来た。色彩の豊富な事、官能の鋭敏な事、彼等の偉大なる所は現代ロシヤを導いた、或は導かなかった所にあるのではなく、その芸術のすばらしさにあるのである。わが文壇でも此のロシヤを手本としつつあるものが頗《すこぶ》る多い。けれども是等群小ソフィストには、現実味の足りない所がありはせぬか。今明日の生活を、其の時の衝動に托して、平気で或は懺悔してお祈りして暮して行くところに、何だかあっけない所がありはせぬか。ロシヤが西欧の文学を咀嚼して自分のものにして行った様に、吾々はロシヤの文学を咀嚼して自分のものにして行かなければならぬ。

今や第四階級の文学は耕されんとして居る。如何なる労力と道具とを以てすべきか？　独立自尊の意気、吾一人天下に抗せんと云うヒロイズムが最も必要である。無力の善人である事よりは、強力なる悪人である事が必要である。その思想は如何に幼稚であってもよい。否幼稚なればこそ真摯、常に人生の重大問題にぶつかって来る。実際此の子供らしさ程恐るべきものはない。此の点に於ては貴族文学と相似たものがある。第四階級の文学は何処までも子供らしい所に強味を有する。此の子供らしさこそ現状不満、飽くなき知識慾に駆らるる原因となるのである。かくして社会組織に対する究明こそ第四階級文学の特質となって来るのである。固《もと》より芸術は天来の感興を唯一の資本とすべきであろう。けれども何事をも究め尽そうとする事は、此の感興を強める所以ではないか。画を描くに当っても、解剖学の知識が必要である様に、文学をやるにも社会組織に対する見識は必要だ。殊に現代に当ってはあらゆる科学が焦点に集って燃えようとして居る。

経済でも道徳や宗教や政治の理解なしに知る事は出来ない。真に社会組織を知ると云う事はそれが芸術であろう。吾々は小さい芸術をぶっこわして大きな芸術を創らなければならぬ。

第四階級の文学は、泣言を云ったり失恋したり貧困したりする者に同情してはならない。何麼《どんな》に悲しい事辛い事があろうとも、白《しら》を切って澄まして居なければならぬ。現代人は何処までもエゴイストである。此のエゴの重荷に堪えない人は、路傍に坐して悲しむ事なく猜《そね》むことなく、通行者を眺めるがよい。懺悔などは為《し》ない方がいい、亦ほんとうに出来るものでもなければ、ほんとうに聞いて呉れる人もない。現実に降ってもならないが現実を踏み外してもならない。吾々は一切の救を求めてはならない。自己を凝視してじっと考えるがいい。救云々を云う改造一論者が可笑しくなる。

「自分の事は自分でお考えなさい。」之は近代作家が、様々な口調で、様々な場合に使う言葉である。何と云う冷淡な挨拶であろう。けれども何と云う尊い親切な言葉であろう。吾々は人の前に出る時に涙を拭いて居なければならぬ。そうしなければ恥を掻く。只一人で世界を相手に生きて行くのだもの、どんなにか「力」が要る事であろう。第四階級は殊に此の孤独と云うものが築き上げて行くものである。皆が手を以て自ら食って行くのである。「自分の事は自分で考えなければならぬ」とはプロレタリアの日常である。かの Into the people と云う言葉は、総ての人は何等かの生産に与からなければならぬと云う強い責任観を含んで居る。第四階級の文学は同情や哀願の文学ではない。反抗闘争の文学である。少しも弱身を見せてはならぬ文学である。苦虫を噛み潰して居なければならぬ文学である。茲に第四階級と云っても外面的に見ただけでは足りない。偉大なる作家は常に第四階級に居る。醒めたる人は常に精神上のプロレタリヤである。心の貧しきものである。が衣裳までも第四階級のものを纏《まと》めて来ようとする所に現代の興味がある。トルストイよりもドストエフスキーの方が吾々には懐しい。ホイットマンやトラウベルの詩に趣味性としての民主化さえ見る事が出来る。実に文壇の本流は第四階級を透して正義と自由とに憧れて流れる。

ああ私は遂に第四階級の偏見に囚われて了《しま》った。けれどもInto the peopleと云う言葉を熱愛する私には致し方がない。第四階級の文学は意地悪《わ》るでもあれば、気狂じみても居る。生存競争弱肉強食の一切の矛盾と不合理をば見守って居る。国際聯盟が思想専制である事をよく知って居る。正義と自由とを主張するけれども、同情したり慰め合ったりはしない。理想や愛を抱いて居るけれども、現実だけしか語らない。虐げられたる者を残忍な心持で見て居る。それを虐げられたる者への唯一の声援だと心得て居る。誇張せられた感情の中に、泣いたり笑ったりする事を最も恐れる。冷静な心で何事でも堪えて行こうとする。けれども一切の芸術は議論や主張ではない。ミレーは只の百姓ではなかった。ゾラは只のリアリストではなかった。美！　実に美こそ、亦《また》第四階級の熱愛するものではないか。生活の苦闘に悩まされた第四階級は、唯一の活路として美の世界に慰めを求めようとする。彼等の美には贅沢な撰り好みがない。切実だから光る。真剣だから徹して居る。解放せられたる美である。文学は再生した。人類は再生した。

詩の営養について

詩は何も神秘不可思議のものでないと思う。簡単に言えば詩は言葉で描かれた美である。詩を評することが困難であるというのは、詩そのものが批評を制限するということではない。要は最も感情的なものを、最も理性的に解釈することの困難にある。

自ら詩人なるが故に詩は批評を超越したものであるという風に言いたがるのは、其の人の思想の幼稚さを示すに過ぎぬ。詩が屢々《しばしば》時代から捨てられようとするのは、詩が常に小児の詩に止《とど》まろうとするからである。大人になることの意志を欠くからである。従って童謡や童話に対して童評がないような意味で、従来詩評が成立し難い形にあったのは争われない。私は童謡や童話の場合にあっても、それを肯定の芸術たらしめる為、童評の成立を希望するものである。

普通芸術家の出発点は詩的なものから始って、小説的なものに落ち付くのであるが、若《も》しその人が大人の目によって見た世界を美に還元し得る愛と力とを有していたなら、最後まで詩的であることを得るであろう。吾々はその立派な例をツルゲネフの「散文詩」にも発見することが出来る。詩に詩評あらしめよ。詩を感情にまかせて置くことは、絵を色にまかせて置くこと以上に危険である。吾々は詩評をして何等かの意味を持たしめることに努力しようではないか。そして詩人は最も過激な思想を以て現実の改造に着手しているのだということを自覚せしめようではないか。詩は道徳や哲学よりも優れていなければならない。詩は実在のものである。ファクトである。

私は多くの営養不良の詩人を見る。よろよろと歩く詩人を見る。彼等は社会からなにものをも吸収することが出来ないのである。僅《わずか》にローマンスの臭を嗅いでいるだけである。吾々は彼等詩人に営養を提供しようではないか。彼等がそれを摂取しようとしまいとは随意である。若ししないなら新人が之に代るであろう。そして総括した芸術の立場から、詩評が精確にその歩武《ほぶ》を進めて行く必要あることを鮮明にしよう。そして吾々は能《あた》うべくんば、人間の生活の進化を散文詩位の色にまで染め度《た》いものだ。その点に於て絵画の実技家でもあったウイリアム・モウリスのユートピヤは、必《かならず》しも無意味な考察ではない。それは人生の汚い壁にタペストリを貼ろうとする企てであった。更にあのホイットマンの蛮声はどんなにか詩を実行に移したであろう。ホイットマンの詩は描かれた絵ではない。寧《むし》ろ引繰り返された絵具箱のように乱雑だ。然《しか》も彼はエポックであり得るだけに暴食家であった。産業や政治や冒険やあらゆるものが美に還元せられ得ることを暗示した。

以上の立場を以てすれば、私の詩評が単に修辞学の問題でないことが明瞭であろう。また表現の経済学でもないことも。詩評の最も困難なることは詩が物質其物であることである。然も詩の最も美しい姿が宗教であるかと疑わしめるのは何によるか？　優れた詩は人類の到達し得べき最高なるものである。若しそれが悲劇的なものであっても、如何なる希望よりも遥に高いものである。その場合には物質が最大限度にまで改造されているからだ。例えば今茲《ここ》に熱狂せる一人の青年があるとする。（其の原因が失恋であろうとも、或は思想上の闘争からであろうとも、何であってもよい。）若しその人が感情を制御する力を失って殺人にまで到ったならば、そこに詩が生れる余地があるであろうか。私は否と答えたい。寧ろその前に於て踏み止ったところに詩が最高の姿を示す。なぜならこの場合人間を殺すことは恐らく其の人が意志した環境をよりよく改造しないであろう。改造に於ける総明な手段を見失っているであろう。この見解は余りにプラグマティックであるかも知れない。然《しか》し乍《なが》ら吾々は常に偉大なる詩が感情と智慧との扞格《かんかく》より生れて来ることを証明せられている。かの有名なドストエフースキイは其の小説で幾多の殺人を深刻に描き出している。然しドストエフースキーは其の犯人ではなかった。だからその殺人の幾多の場面に於て詩がある。勿論全部が詩ではない。説明がそれを繋いでいるのだ。（詩と他の文学とは名前が存する限りに於て区別せられなければならぬ。）――寧ろ本質に於ては殺人の前に於て踏み止っているのである。勿論これは個人の場合に於てである。私は暴力的革命に対しては別な解釈を下している。社会には群集心理のあることを考えなければならない。暴力的革命に到り得ないことは、反対の側から見たなら感情の欠乏を意味していることもあるのだ。

詩を解剖することは、物質が美の最大限度にまで改造されて行く過程を点検することである。

日本には「能」という一種の劇があるが、之の鑑賞家たることは寧ろ実演者たることよりも困難だと言われている。このことが合言葉を知らなければ見ても判らないというのなら問題にならぬが、字義通り解釈出来れば随分な讃辞である。その讃辞を実際幾分かは受けて宜いだろう。それだけ洗練された芸術を逆にほぐして、進化の跡を点検することは随分困難なことである。特にかの俳句といったような短詩はどう取扱ったら宜いか。詩の優れたものほどこのことの困難を思わせる。然し之を抛棄《ほうき》することは、矢張り鑑賞家であることを抛棄することになるのである。幸にして詩と称しながら詩でないものが沢山あるので、是を撰り分けることによっても目的の一半は達せられるであろう。そして能《あた》う限りに於て詩の営養素を調査して見ることが今日の急務である。

　さて詩の営養素を具体的に言って見るなら、かの実生活から割り出された権利義務といったような思想も一例として挙げられるであろう。イプセンの劇では寧ろそれをエレン・ケイに暗示している位である。ゴーリキーの「十二人と一人の娘」では殆ど散文詩と言って宜い位に此の思想が美に還元されている。人々は色々な芸術家が色々な特殊の題材を持っていたことを考えるであろう。ハイネが恋の嘆きを、ゴッホが光の花ヒマワリを、それらのことは皆この営養素の如何に原因しているのである。

　印度《インド》人と生れて英国の圧制に対する反抗心を詩につぎ込まないような詩人は本当の詩人じゃない。幽霊の詩人だ。朝鮮人と生れて日本に対する憎悪を感じないようなら、殆ど本質的に詩人となり得る資格を持たない。是は余りに顕著な例である。今茲《ここ》に弦の切れた、そして充分に煤けたギーターが部屋の一隅に転がっているとする。その部屋をある貧しい世に認められない画家のだと仮定しても面白い。若し観者にしてかのペーターと共に、「何かの偶然の会合で、見慣れぬ部屋を通り抜ける際、薄暗い中で楽器に一寸触れる」といったようなその耳と指とを持っているなら、どんなにか美妙な音楽を心の内に聴かないであろうか。不能なること毀損せることは、物質を屡々最も完全なる姿に於て示す。そこから美を摑み出して来ることは、常にブルジョワ的生活に浸っているものの能わないことである。彼等はそこに共感すべきものを発見することが出来ないから。弦の切れたギタアは、全き《まつた》ギタアに対してある種の反抗を示す。私が此の場合に音楽が正義と自由とを表現していると言ったならば、余りに極論であるかも知れない。然もそのことは私の我田引水を裏書するものではなく、音楽が如何に捕捉すべからざる程度にまで優れた芸術であるかということを証明するものである。音楽の印象位人間を正直にしたり鼓舞したりするものはない。——音楽は最も総明な認識である。

私は以上の見解からして、どうしても現代の詩に付いて例解を試みなければならない。そして繰り返し意の存するところを明《あきらか》にしよう。

——佐藤惣之助氏より

大根の花

おしやれ娘よ、おしやれな友よ
ではもうこゝらでお別れしやう
これから先は寂しい何もない処で
雑木林か畑のなかに
うす紫のほんのりした花が
何の気もなく咲いてゐるばかりで
味もそつけもない、あたらしいいつもの風が
気も弱さうに、はら〳〵吹いて
季節すぎの日の色が滴るばかり。

——石原純氏より

読者にして本当に詩を解することが出来るなら、この大根の花をどんなにか愛する気持になるであろう。

黒く究まる光（アインスタイン讃称詩）

（前略）

現世の錯雑な
人間の交渉に疲れたとき、
もしくは凡庸の周囲の煩瑣から
暫らくの安息を慾するとき、
私は寧ろかやうな式に眼を触れてゆくことに
ひとつのこよない快さを感じます。
（後略）

読者にして本当に詩を解することが出来るなら、この讃称詩が殆ど詩というに値いしないことを知らなければならない。

斯く比較して二つの詩を断定したからには、その理由を述ぶべき責任を持つ。何れもある種の真理を謡わんとしている。そして何れも普通の人に観られていない世界を示そうとしている。それらの類似点からして特に此の二つを撰んだ理である。後者は長いものから一部分を裂いたので、少し酷な見方になるかも知れぬが、全部掲げたところで同じような効果しか持っていない。

先ず「大根の花」について、読者はその各行が殆ど物質及びその運動を示していることを知るであろう。（それだけで優れた作詩上の態度である。）それから作者が蝶々のように呑気な、或は弱い心で、田園を飛び廻っていない事が判る筈だ。大根の花を通じて人生に対する批判の精神を見る事が出来る。ここには大根の花を取り巻く景色がちっともよくは言ってない。然も人は大根の花を是以上にチャーミングに言うことは難しいであろう。おしゃれ娘や、おしゃれな友でも、此の詩を見せたなら、「そう、その紫の花を見に行きましょう。」と言うかも知れぬ。それとも、「まあ、それがどうしたの？」と言って一笑に付するかも知れぬ。寧ろ後者であることを想像した方が、此の詩のもっている柔さを一層涙ぐまるるまで親しめるものとするに効果あるであろう。要するに此の詩は行と行との間に幾多の言葉を読ましめる。想像をして自由ならしめる。如何に多くの思想と体験とによって培われていることか。

　次に「黒く究まる光」ではたった一行も物質が示されていない。芸術が芸術である為には物質的であることを要する。ただ茲には概念の説明が列べてあるだけだ。茲に掲げただけでは全然詩でないとさえ言える。私は敢て「脚韻《ライム》」や「律調《ミイタア》」を要求しようというのではない。然しこの詩がどこに音楽的な要素を持っているか。若しそこに哲学が示されているとしても、それはなまのままで示されているのだ。哲学や科学はそのものとしては断じて詩でないのである。加うるにこの詩では現実の抛棄と共に、非芸術的世界へ、抽象的世界への逃避が企てられてある。色を伴わない「光」は、結極無意味な「光」である。

　私は詩の営養について多く力説した。然し私が如何に詩をそれらの営養そのものから峻別しているかを知って貰い度《た》い。私の論点が徹底的に純芸術上の立場に置かれてあることは明白だ。現在の詩人中人生に対して批判を持っているといわるる人々で、屢々このなまのままの思想を出しているのには失望する。なまの思想や哲学は、如何に巧妙に説かれていても、詩に於ては思い付きに過ぎない。玆に挙げた二つの詩を較べるときには、大根の花が如何に立派に、そしてアインスタインの式が如何につまらなく見えるであろう。「凡庸の周囲の煩瑣」が、前者に於ては如何にリズミカルに、人間的に描かれてあることであろう。それに引き代え後者ではいやに固苦しく、何の反省もなしに軽蔑されてしまっている。然も吾々は後者に於て、「アインスタイン、アインスタイン、いま彼の名をたからかに讃へませう。」と強要されるのだ。

私は以上二つの詩に付いて、同じような真理に於て、全然別個な表現を見た。一つは人生に対する深い観察である。一つは科学としては深かったかも知れないけれど、人生に対しては遊戯である。（アインスタインの学説そのものは全然ここでは問題になっていないことを附記する。）

私は詩の営養として詩人が事々物々に対して煥発する社会批評を求めた。所謂《いわゆる》態度の詩人たれということも、この意味に採れるだろうと思う。然し詩そのものを解剖する場合には、詩にまで純化されない一切の物を除去しなければならない。宗教や科学や政治や様々の仮面を剝ぎ去らなければならない。そのことがあった一方から詩の営養を多く吸収する方法となる。之を要するに詩は美の最大限度にまで改造された物質である。

サンタヤナの美の哲学は価値説であるが、次のようなことを言っている。「抱擁して得た統一は美しさを齎《もたら》す。排除して得た統一は崇高さを齎す。共に快感である。然し一方の快感は暖く、受動的で、満ち亘って行くが、他方のは冷たく、逼迫《ひっぱく》し、鋭い。前者は吾々を現実に同化せしめる。後者は吾々を現実の上に翺翔《こうしょう》せしめる。」吾々はいくら他人の不慮の災難や、人生本然の象徴的惨事を聞かされようとも、尚それらの智識を切望してやまない。真理に対する慾求は惨事の名によって来たるあらゆるものを歓迎する。確《たし》かにこのような練習はいくら積んでも、それ自身としては決して美的快楽を形成するものではない。美の他の要件は満たされずして残る。然し乍らこのように鋭い智的な衝動の満足は、悲劇的事物に対する吾人の見解を確実にし、そして若しそこに美があらんか如何なる美でも把持し得るような力を附与する。惨事は殆ど人生に於ける通則であり、人々は此の惨事に克たんが為に惨事の委曲を知りたがる。「美の他の要件」を暗示することによって、惨事はそれ自らを美化する。私はサンタヤナからあらゆる事物が美に還元せられ得ることを学んだ。エキゾティックだとか、デカダンだとか、グロテスクだとかあらゆる平衡を失ったものが、どうして最も優れた芸術の姿を宿すのか？　それは実行に燃ゆる魂の強烈な突貫によるのだ。そしてユーモラスなものが笑に於てその気持を更に切実に示したりする。

一切の事物を本能の満足の為に配列せよ。美に還元せよ。――そこに詩歌は泉の如くに流れ出る。哲学を前提としてはならない。俳句が生と死と有と無とを同じように観じたのは宜い。然しそう観ずることに労力したのは芸術として失敗である。それは生活の固形化である。一切の体験をして窒息せしめる。俳句は常に処世的虚無主義の為に堕落させられる。詩に於て行と行との間に無限の行を蔵するのはよい。然し匿されたるものを本質と思うなら遂に詩を生産しないことになる。日本の過去の芸術は屢々愚な沈黙であった。

以上の説明によって見るに詩の営養とは何であるか。それは官能を通じて人生の重荷を担うことである。担われたるものはみな詩となって披瀝されるであろう。社会人こそは本当の詩人である。彼は社会の一端から一端へと放浪する。然し俳句詩人のように恬淡としてではなく、カルメンのように破廉恥な動物と話したり、赤い血の笑の中に紛れ込んだりする。彼は社会を幸福にする為喧嘩の仲裁に入ったり、一方に組《ママ》したりする。ギューヨーはその「社会学上より見たる芸術」の中で社会を説明している。「総じて社会とは之を組織する分子相互の均衡を保持せんとする傾向を意味するに外ならぬ。而して其一部分に於て均衡の破滅となるべき種々の苦痛、乃至種々の快楽は本来他に伝播する傾向を含むものである」と。詩は社会を音楽的振動によって、苦痛の反面即ち快楽的状態に導かんとするものである。詩人たらんとするものは社会について多くのデッサンを試みなければならない。

詩が原始的感情芸術の幼稚さに止るなら、それは血族的国家主義、資本主義的階級制度を認用せんとする同じ思想圏内を徘徊するものである。現実を完美《ママ》に、深刻化せんとすれば個人的より社会的にあらねばならぬ。本当の表現派たらんと欲すれば、先ず事物の真相を凝視しなければならない。社会に付いて学ぶことない詩人は詩を童謡化する。強いて童謡化を免ぬかれようとすればダダイストの狂愚に陥る。

私は最後に新年号「詩と音楽」に現れた北原白秋の童謡私鈔について、その誤謬《ごびゅう》を指摘して所謂思想的なるものと所謂智巧的なるものとを併せ排して本稿を了ることとする。

——北原白秋氏より

赤い鳥、小鳥

赤い鳥、小鳥、
なぜ　なぜ　赤い、
赤い実をたべた。

白い鳥、小鳥、
なぜ　なぜ　白い、
白い実をたべた。

青い鳥、小鳥、
なぜ　なぜ　青い、
青い実をたべた。

(註。此の童謡は私の童謡の本源となるべきものである。たとえば正風に於ける芭蕉の「古池」の吟の如きものである。童心より観ずる此の原始的単純をただの単純のみと目してほしくない。此の内に虚実の連関、無変の変、因果律、進化と遺伝等、而も万物流転の方則、その種々相を通ずる厳としてまた渝る無き大自然界の摂理、――こうした此の宇宙唯一の真理が真理として含まれて居らぬであろうか。童謡は児童にもその極度に於て解し易く、成人には更に深く高き思念に彼を遊ばしむるものでなければならない。そう私は思うのである……)

私は童謡の方は問題にしようとは思わない。そして註に於ても童謡に付いてのみ言われているのなら敢て非難しようとは思わない。ただ芭蕉の「古池」や成人が引き合に出されているから訂正しなければならぬ。「童心より観ずる此の原始的単純をただの単純のみと目してほしくない」は「童心より観ずる」を「芭蕉の」と改めるか、「単純をただの単純のみ……」を「単純はただの単純だ。」と言って了《しま》うかしないと意味をなさない。それから此の童謡から「大人には更に深く高き思念」といったような感銘は毛頭受けない。その点に付いては芭蕉の「古池」だって無条件に承認しようとは思わない。それから虚実の連関、無変の変、因果律、万物流転の方則、渝《かわ》る無き大自然界の摂理、というような真理（?）は私の詩論から言わせれば最も営養価値の少《すく》ないものである。少くとも作者はそれらの真理を以て自作を誇ることは出来ない筈である。茲にまたかの「黒く究まる光」と同じ遊戯気分が潜んでいる。吾々はここに所謂「哲学的」なものを深く戒めなければならない。更にまたこの「深さ」を嘲笑した「気の利いた」詩風をも排斥する必要がある。浅い智巧を以て自己の不識を誤魔化した詩は、所謂哲学的宗教的詩と共に実行に燃ゆる人間味を欠いた詩人の閑文字である。
詩は美の最大限度にまで改造された物質である。

萩原朔太郎君に答う

「詩聖一月号の月旦子に寄す」を三月号の本紙に発表された萩原朔太郎君にお答えします。君の僕に対する抗言《こうげん》はむしろ僕のあの批評を完全に裏書して呉《く》れたようなものであります。そして僕としては君のような尊大な言い方をする人に対しては、取合う程の興味を感じないのでありますが、特に僕を対象としている点、及び浅見の撤回を要求している点からして、その当らざることを明白に指摘して差上げます。

詩聖の月旦子が無責任で無能で鈍感だと悪罵された儘《まま》では、編輯者に対しても申訳ない次第であります。又一般読者に対しても此の事は一応弁明して置く必要があるでしょう。

私はこんな本質的に於いて興味の少い問題に多くの紙数を割き度《た》くありませんから、多少遂字的に説明して行きます。本来ならば萩原君の詩全体と僕の批評とを掲げた方が便宜でありますけれど、そうしたら際限がありませんから、「　」を用いて互の言葉を其儘《そのまま》用いることに致します。

君は詩の鑑賞なるものから論じ始めてこう言っています。「……作者が「青」の詩想を表現すべく書いたつもりのものを、読者が「赤」の詩想として受けとるというような矛盾の場合は、やはりどこかに芸術上の著しい欠陥か無理解かがなければならない。思うにこの場合の原因は次の二つの中の何れかである。第一の場合は表現の失敗に原因している……之《こ》れに反して第二の場合は、読者の鑑賞的準備の不足、もしくは鑑賞的素養の不完全に原因する……」と。そして此の第二の場合が僕だと言うのです。君の抗言の誤謬《ごびゅう》は先ずこの発端に潜んでいるのであります。君がこのような貧弱な論理を用いて僕を攻撃するのは、君が批評家は作者に追随すべきものだという風に思い上っている証拠ではありますまいか。

なぜなれば作者が目指した「青」の詩想が「青」として完全に表現されているからと言って、その詩が優れているものとは言えません。若《も》しその詩想が詐偽と瞞着《まんちゃく》とで出来ていたらどうします。勿論君は僕が「青」の詩想を「赤」の詩想として受け入れたと言うのでしょう。僕はそうとは思いません。僕は君の「青」の詩想に対して「赤」の詩想を以て打っ付かったのです。そこに批評が生れるのではありませんか。詩評はなにも表現方法のみを云々するものではありません。その詩想に対して全力を傾倒することも一つの方法です。でなかったら、君の「詩の鑑賞は、まったく純粋に個人的の主観に属するものであるから……」という言葉は成立しないではありませんか。だから此の場合二つの範疇を設けて、強いて僕を第二の部類に入れようとするのが早計なのです。君は僕を強いて第二の部類に入れんが為「一般の鑑賞に於ても相当に普遍性ある一致を示す……」と言う言葉を持って来ている。そして「現にこの詩は、或る二三の読者から充分理解ある批評と讃辞とを受けている。されば表現上の失敗から、主題の鮮明な効果を欠いたとは考えられぬ」と。僕は其の二三氏が誰れであろうと問題ではない。詩の優劣を多数決によって定めようとするのは余りにコンベンショナルではないか。それこそ論理的の甚しいものである。たとえば仏国の画壇に於て印象派の勃興した当時はどうであったか。アカデミシャンな徒と彼等との間には徹底的意見の相異があったではないか。かのターナーを見出したのは一人ラスキンではなかったか。若し君にして僕の月評を摘発せんとならば、「誤解」だなぞという卑怯な言葉を捨てて、「青」の詩想に対した僕の「赤」の詩想を徹底的にやっつけて呉れれば宜いではないか。若しその場合に君の説が正しかったならば僕は総ての前言を撤回します。

次の問題は君の「青」に対して僕が「赤」を以て対したか、或は君の「青」を「赤」と誤解したかにある。君は「表現上の失敗から、主題の鮮明な効果を欠いたとは考えられぬ」と言っているが、僕は表現上の失敗だとは只の一言も言っていない、僕は「聖人にいろんな纏《まとま》りもないことを聞いているが、なんのことやら判らない」と言った。それを君は僕が表現上のことを指しているとでも思うのですか。そんな風に言葉の意味を形ばかりから取るほど頭が硬化しているのですか。失礼ながら君の「青」を「赤」として受けとるような不見識は持ち合せません。僕は鮮明に出ている(?)主題そのものが不鮮明だと言うのです。表現の上からではなく、詩想そのものが幽霊的だと言ったのです。僕は「きっと「恋も、名誉も、空想もみんな泥柳の牆《かき》に凋れてしまった」人の咏歎なのだろう」と言いました。君の長々しい「初学に対する講義」を読んでも、その通りではありませんか。君の「桃李の道」の古事来歴から始まった主張は、僕の批評を一つ一つ正確にして行くようなものであります。この点に於ては寧《むし》ろ僕の明を誇り度くなる位です。

君は「読者の鑑賞的準備の不足」とか「鑑賞的素養の不完全」とか言っているが、それは何を意味するのですか。労働者であること、新聞記者であること、人の妻であること、すべて生活しているということが、準備であり素養であるではありませんか。書物を沢山読んでいるとか、詩人で御座るとかいうことがなにも誇りにはならない筈です。そんなような「頭でどうしてもこの月旦子と作者との間に一世紀の距離があることを感ぜずに居られない」などと言っているのを聞くと、吹き出し度《た》くなる位です。僕はこの詩を読む時に唐人の夢だなと感付いていました。日本文学者の誰かに焼き直しがあったような気もする。要するにそんなことは問題でない。それだからと言って「第一標題の「桃李の道」が如何にも陳腐で、国学者の繰言みたいで振ってる」と言えない道理はありません。ここにも僕が論理的にばかり見ていない証拠があるのです。強いての御要求なら「国学者」を「支那趣味者」と取代えて上げても宜しい。僕に取っては同じことである。復古的幼稚さをエキゾチックだなぞと考えているのが既に国学者の繰言みたいで振っているではありませんか。エキゾテックとはそんなものでないのです。吾々を囲繞《いじょう》する生活から飛び出して、別な世界を眺めただけでは決してエキゾティックだとは言われないのです。在来の習慣と伝統のベールを取払うことによって、感覚は一層鮮に批判の精神がそこで勇躍するところにエキゾティックの面白味があるのです。従ってエキゾチックなものの発見は、現実の生活に深刻に猛烈に突貫し得る人のみによって可能なのです。エキゾチックを単なる旅行気分や趣味気分と混同しては困ります。エキゾチックは「無念無想の境地に遊び観念に捉われず」概念に固執せずなどとは少々肌合を異にします。「支那的形而上学の神仙郷」「東洋的の一種の象徴主義」などと取って置きの世界にその儘《まま》酔ってしまうような人は、個性が確《しっか》りしていないのである。「聖人」がそれ自らの言葉の響に於て一種の東洋的エキゾチックの気韻をあたえるなどと考えているのは独断である。「況《いわ》んや「聖人よ桃や李やの咲いている郷であなたの認識の主義を追うか」とまで言えば、たいてい鈍感の読者でも」およそ作者のお説教気分が嫌になってしまうであろう。

僕の理会は君の希望するような考古学的ではなくて、民衆本然の本能に根ざしているのでありまず。僕は君の「青」に対して「赤」を以て進んだのである。君が「一方ではもう西洋の唯物主義に飽きて、却って日本の親鸞や支那の老子に鮮新なエキゾチックを求めている。しかるに一方では、まだまだ到底そんな所へは思いもつかないので、却ってその鮮新な者を嘲笑して「陳腐な老人の繰言」と見ているのである。まったく驚くべき距離の相違である」と言っているに到ってはその方角の判らなさがお気の毒な位です。その有田ドラッグ式言葉使いを「陳腐な国学者の繰言」と言わないでなんと言いましょう。是では距離の見付け場所がありません。一体西洋の唯物主義がどれだけ日本にはいって来たのか御存じですか。第一唯物主義の意味が君にはよく判っていないようです。そして一体東洋の唯心主義が果して唯心主義であったかどうかもそう容易に決めうるべきものでありません。僕が常に皮肉な現象として観察しているのは、かの親鸞流行と老子崇拝なのです。前者に付ては変体《ママ》的逃避思想やブルジョワ的遊戯の幾多を目撃しています。後者は僕の見解を以てすれば唯物主義です。然るに是をクロポトキンの虚無主義と混同した国学者がありましたが、是等はエキゾチックの意味を最も解さない人でしょう。老子の哲学はどこまでも処世的虚無主義であり政治哲学であるのです。芸術至上主義の立場から最も排斥せらるべき思想です。彼は物質を愛する苦しみから逃げたのである。それは精神的になったのではなく、最も利個《ママ》的な保身法を用いたのである。つまり精神の仮面を被った物質主義である。理性で人生の重荷を軽くしようとする企てである。

　君が「この支那的、東洋的の一種の象徴主義、あの夢幻的にしてしかも哲学的なるこの種のエキゾチックな境地を詩想に取り込んだものは、私の知る限りに於て今日の詩壇に未だ一人もない」と自惚れているのを近代的精神を呼吸する人々は何と受け取るでしょう。ほんとうのことを言えば敬遠した方が利口なのかも知れません。

　僕が君に対して「哲学の衣裳を捨てて人生に向き直って来なければ」と言ったその「哲学」を君は「多分この言葉が抽象上の理屈を指している」と言っている。そして君はそんなような「哲学」は自分の詩に絶対にないと言っている。僕は何も君の言うような意味での抽象上の理屈を指しているのではない。僕はそのペダンティックな自惚を指しているのである。「気分は全体に縹《ひょう》渺《びょう》」だと思い込んでいる迷を指したのである。君が神秘的世界だと信じているものは実は論理的架空の世界であって、実際の経験に訴えて見れば直ぐにボロが出るのだ。だから、

　　　悲しみしのびがたい時でさへも

あゝ師よ、私はまだ死なゝいでせう

に「謙遜」がないと言ったのです。それで今用いた「哲学」は君が僕を攻撃したその「概念的」にも通用するのです。君の詩は「夢幻的」というすでに「概念的」なものの上に築かれているのだ。僕は敢て言う「白」を「黒」として受け入れているのではない。「白」に対するに「黒」を以てしたのだ。それを誤解だとして無理矢理に自己の説を建てようとするのは、それこそ「誤解」でなければ卑劣である。

「詩というものは……」と云う字義を持ち出して偉く意気込んでいるが、詳細に観察すれば右のような次第で、毫《ごう》も肯綮《こうけい》に当らないのであります。「しかしあまりわけが解らなさすぎるから、初学者に議義をするつもりで……」と段々内容を説明して「それは救いの福音であるか。真理であるか。道徳への道であるか。それは解らない。解らない謎であるところの神秘である」というようなことになっている。僕はもう一ぺん「なんのことやら判らない」と申しましょう。僕はここでニイチェの「詩人は彼の思想を韻律の車にのせて仰々しく運んで来る。通例はそれらの思想が歩行し得ないからである」という言葉をなるほどなと思った。僕は有田ドラッグ式「青」でなくて、コスモポリタンとしての「赤」です。どうかそのことを御承知下さい。そして余り辻褄の合わないような大言はなさらないようお願いします。

ざっと右の様なお答えで、なるべく論理学的にお取りにならないが宜いでしょう、（ついでながら言って置くが君には論理というものの意味が判っていないようだ。論理はいつも悪いものとは極っていません。君は僕の言葉を解するには少し素養が足りないかも知れぬ。）是だけ言ったら君は自分の抗弁が朧げながらでも、どうやら的外れであったことをお気付きになるでしょう。それでお気付きにならなければ「一世紀ほどの距離」です。切角の御注意でありますけれど浅見撤回の義は御免を蒙ります。悪しからず。

無批評の批評

「詩」及び「詩人」が、現代に於て容れられないということは、何等悲しむべき現象ではない。「吾等如何にして生くべきや?」ということが問題なのである。迎えることの出来る「明日」を持っているならば、「詩」も「詩人」も必要ではない。微笑だけで足りる。橋を懸けてみ給え。それもまた「詩」である。踊ってみ給え。それもまた「詩」である。子供を生んでみ給え。それもまた「詩」である。「詩」及び「詩人」はその本質に於て変通自在たるべきである。

壁のない家のなかに住むなら、絵は要らない。綴るべき文字を持たないならば、書物は要らない。しかも吾々は、「吾等如何にして生くべきや?」という問題を持って、「明日」を迎える。形式としての「詩」及び「詩人」に二束三文の値打があろうがなかろうが、どうでも宜い。しかも戸惑って詩を書いている詩人達は、要するに愚なだけである。大工の鉋が悪かろうと、鉋の大工が悪かろうと、人の棲めない家を建てる大工は、愚な大工である。その上日給が取れないとしたら、一層愚な大工である。社会に働きかけないような「詩」及び「詩人」があるならば、「社会」が悪いか、「詩」及び「詩人」が悪いか、その両方ともが悪いかだ。なにもかも悪くなってしまってから、変通自在たる本質を発揮すべきなにかが生れる。

そうしたなにかなら、それがなんであろうとも結構な話だ。「詩」及び「詩人」がこの世の中で廃《すた》りものになったところで、毫末《ごうまつ》も悲しむべき理由を持たぬ。電気が発明されて、ランプが廃り、靴が発明されて、下駄が廃り、「小説」が発明されて、「詩」が廃ることを、くよくよ言っているのは、その悉《ことごと》くがディレッタニズムだ。もしもシネマや、ショウや、ラジオ・ドラマや、ドライブや、ランデブーが行詰まった現代を開拓すべき芸術であるならば、それでも充分に結構な筈である。問題は、「明日」は来るけれども、「明日」を迎える準備ありや否やということにあるのだ。

所謂《いわゆる》「詩」の消長は、「詩」の本質とは何の関係もない。社会の流れは、家の形に於けるが如く、物の綜合関係によってのみ決定される。所謂「詩人」の主観とは何の関係もないものだ。何の関係もないどころか、君達のいるところが干上ってしまうのだ。鯉のいなくなった沼で、鯉を掬《すく》うんだと力んでいるのは、およそ滑稽な話である。人類及び自然の立体面が見えなくて、そのほんの断片の平っぺったいところだけを感覚しているのでは、誇大妄想狂的であるか、支離滅裂であるか、末梢的であるか、チンプンカンプンであるか、あたり前過ぎるか、悲鳴であるかだ。兎《と》に角《かく》底に横たわっているところの「事実」と、それへの「客観」とからは縁の遠いものである。その「事実」への「客観」なくしては、一匹の目高と雖《いえど》も生きてはいられない。一匹の目高と雖もそれほど幼稚ではないのだ。

科学の伴わない、「事実」を曲げた感激は、およそ信仰とは正反対なものである。それは敗北主義の変形であり、個人主義の残肴《ざんこう》である。非詩どころか、その勿体らしさが、その暴露でさえもが、偽善である。偽善のなかにいる善男善女の、嘘の遊戯によくも飽きない「詩」及び「詩人」は、来るべき時代とは何の関係もない。彼等は、憐まれこそすれ、社会に向って、塵一本批評してはいないのだ。

すべての理想が、すべての主義主張が、すべての合理性の行為形態が、現代ほど押し潰されてしまった時代にあたって、決定的社会意識を持ち得ないものは、詩人ではない。すでに彼等を捕えているところの網の目を見得ない魚は、幸福であるかも知れないが、それは無機物に近づくものの幸福である。幻影を漁ることが「詩人」の唯一の職業であるなら、それは、滅びるものの最後をも棄て給わぬ神の慈悲である。それは、そこで改心する機会を与えるためにとってのみの、神の慈悲である。機会は待たない。すぐ下が亡びに到る絶壁だ。

「詩」及び「詩人」はもっと生長しなくてはならない。もっと大人にならなくてはならない。芸術は「一つ」だ。秋に生れて、秋に死ぬ虫は、秋の風景しか知らない。栗の果の中にいる栗虫は、いつでも栗の果がなっているのだと思っている。「詩」及び「詩人」は、いつでも「詩」及び「詩人」があるのだと思っている。それは習慣と認識の狭さから来るのだ。それは「歴史」の意味を知り得ないところから来るのだ。そうした形体を打ち破って、時代を押し流すのが本質的詩人の役目ではないか。

「詩」及び「詩人」は、手当り次第の武器をとって、何が可能であるかを、数学的にはっきりと割り出さなければならない。そこで新しい命題を解かなければならない。「詩」及び「詩人」が、「詩」及び「詩人」の腐縁にからまって、新しい芸術の全視野に向って進出してゆくことが出来ないならば、それは「詩」及び「詩人」でもなんでもありはしない。それは出発点からして「詩」及び「詩人」の敗北を物語っている。

「詩」及び「詩人」が、その他の社会活動に、その本質としての「詩」及び「詩人」を奪われてしまっているのなら、「詩」及び「詩人」を棄てさえすれば宜い。そして吾々は実に、「明日」を迎えるところの新しい詩を持つ。それは誰が持っても宜いが、非詩人が、ではない。詩人が、だ。然《しか》し乍《なが》ら、事実かそうでないところに、本質的詩人の生死を賭した戦いがあるのだ。未来に向って光明を持たないならば、どんな天分も、どんな優良種もそれを発揮さすべき内からなる開展律を欠く。その光明は、合理性が社会を指導しないまでも、それに働きかけている客観的事実から来る。或は少くともそれを主張する行為それ自体から来る。そうした意味に於て、この行詰まった現代は、「詩」及び「詩人」に、芸術を発見し難いばかりでなく、その他の芸術に芸術を発見し難いのである。そして遂には来る××［革命］が、果して××［革命］であるかどうかは、未知なる芸術家の双肩にかかる。

「詩」及び「詩人」の仕事は、未知なる芸術家になる仕事である。時代の先頭に立って、人類の方向を決定すべき役割を演ずることである。「詩」及び「詩人」が、「詩」について努力したところで無駄な話である。それは、人類の綜合的問題についてのみの考慮から、生成もし変化もするものだからである。だから「詩」という言葉は古過ぎる。「詩人」という名称も古過ぎる。そうした処女地を開拓する揺籃《ようらん》となり得てこそ、はじめて、「詩」及び「詩人」が、その存在理由を擁護されても宜いのだ。それは「詩」及び「詩人」を生むためにではない。そこに現状破壊の産声を生ましめるためにだ。

高村光太郎論

高村光太郎は、森羅万象に徹すべく、想像された類いの芸術家であった。そして今日でも尚、濁水に投ずれば明礬《みょうばん》のような働きをするところの、汚れなき芸術家として、若き時代から憧憬と思慕の念とを集めることが出来るのである。（そうも考えられるではありませんか？）

彼の前に道なく、彼のうしろに道が出来る、その道程を歩いて来たように思わせる、高村光太郎の存在は、日本の芸術史にとって特異な出来事であるに相違ない。たとえそれが、看板に偽りあり、時代の反動的なるものとの絶え間なき結合によって、築きあげられたものであるにせよ、彼の魅力がそこにあるという事実は、当然批評の対象となるべき命題である。

それなら、高村光太郎は、あの離れて、譲らないところの、その外貌が使嗾《しそう》するような、その実であるところの詩人であるであろうか？　人々は、そこに、最も純粋な「魂」の総支配人を垣間見るかのような幻想を抱く。その結果から見れば、まさに偉大なる詩人の一人であるかのように、働きかける。若き文芸志願者達は、彼に「神託」を求める。然しながら、それだけでは、彼のうしろに道が出来たと断ずることは出来ない。それは、まだ、現象のなかでの出来事である。

問題は、高村光太郎が、あの薄暗い、孤独な、火の気のない、蜘蛛の巣で一杯になった、祭壇のなかから、何を言おうとしているかに懸って来る。私が、ここに、彼の批評を買って出た所以のものは、私事ではない。私は彼に、満腔の敬意と満腔の期待とをもって、彼の胸に宿る聖霊に物言うものである。これは、私の運命に課せられた必然であり、その必然の来たること余りに遅かったことを悲しむものである。避けることの出来ない真実は、それ自ら社会的なものであり、それ自ら不可抗的なものである。親を殺すために生れて来た子供の話もあれば、泥のなかから蓮の花が開いた話もある。高村光太郎が、当然受けなければならなかったところの、批評の全光線を浴びることなくして、今日まで来てしまったということは、その責が彼にあったにせよ、彼の外にあったにせよ、それは遂に来るところまで来てしまった。吾々は、ただ、潔《いさぎ》よく、嵐のなかに這入ってゆきさえすれば宜いのだ。

高村光太郎の存在の秘密を解く前に、ここに、現代のもっとも不思議なお伽噺がある。そのお伽噺の世界で一匹の歯の抜けたライオンが棲んでいた。歯の抜けたライオンは、彼の王座に坐して、その眷族《けんぞく》を率いていた。彼は彼の統治ぶりを完璧にするために、鬣《たてがみ》で嚇し、吠え声でも嚇した。もしも狐が「耳を喰われた」といって泣き込んで来るならば、「よし、よし、本源からやれ」と言って、励ます。もしも猿が、「尻尾を喰われた」と言って泣き込んで来るならば、「よし、よし、本源からやれ」と言って、教える。ライオン以外の動物共は、ライオンの歯の抜けていることを見てはならないし、尻尾を喰われても、耳を喰われても、ただひたむきに、これより以上自然なことはないのだと信じなければならないのであった。そして、それ以外のことは汚《きた》なくて、さもしくて、不正直なのである。

正直な動物共の生活の「可能」の範囲は、次第に狭められてゆくが、信仰はもっと大切である。ライオンがついている限り、いつかは奇蹟が現れる。そこで彼等は、やって来て言う。

「もし、もし、ライオンさん、あなたのお蔭様で、良心だけは腐らないで済みます。どうかあたしのつまらない貢物を召上って下さい」

ライオンは、愛情をこめて、優しく言う。

「よし、よし、本源からやれ」

このお伽噺が何を彷彿させるかは別として、人は、芸術はマナを降らせ、花の顔《かんばせ》を持し、十方世界を遍照するような術だということを、否定する必要はない。高村光太郎は腐っても鯛である。高村光太郎の存在からは、兎《と》に角《かく》特異な現象だけは生れる。

もしもこの世に、七不思議というようなものがあるなら、高村光太郎の存在こそ、その不思議の一つである。誰でも質問するが宜い。そもそも高村光太郎は何処から来たのであろう？　そして、どうしたのであろう？　高村光太郎の内包する世界で、どんな事件があったのであろう？バーナードリーチは、高村光太郎を批評して言う。「彼が来るときには、先ず第一番に影が来る。その影の終るところから、高村光太郎が現れる。」高村光太郎の出発点が、すべての出発点と同じく、彼の「種」のなかにあったことは確《たしか》である。そして、それが、彼の場合、尋常一様のバイタリティーではなかったということも確《たしか》である。彼の「清廉」がそれであり、彼の「魂」がそれであり、容易にアダプトすることの出来ないものがそれであった。開く花は、蕾のときに堅い。けれども、彼の叫び声は不透明にして、手当り次第に並べ立てた智識の壁のなかで木霊《こだま》した。そこには、何か極端に不自然なものがあって、それが、彼を芸術家にすることを拒んだ。煙って燃えない、或は燃えかすの影のようなものが、いつでも彼に附纏《つきまと》ったのである。これは、高村光太郎に関心を持つほどのものには、容易に看取されるところのものであった。

高村光太郎の芸術的成果は問わず、彼の「魂」の強調が、実は彼の「エゴ」の強調であったということは問わず、そこには若干ながら生命の悲劇が洩らされた。そこにのみ、僅《わずか》に自然があり、それは愛を呼び、また愛を迎えるに足りた。愛は待望の姉妹である。高村光太郎へかけられた期待が、彼を益々不自然な境地へ追い込んだかどうかは別として、それは、丁度オスカーワイルドの童話のなかにある「最後の烽火」のような工合に展開していったのである。効能書は多いが、さて揚げてみようとすると一向に揚がらないというやつである。彼は、益々声を大にして、「汝あかしを求むること勿れ」と叫ぶ。そこに、彼は意識的にか、無意識的にか、彼の展開の不自然を利用しようとしたのである。それは、最初にあった「魂」の不透明さに戻って、「狭き門」を「広き門」とすりかえようとする、意識せざれば逃避、意識していれば策謀へと、彼を誘惑した。

高村光太郎は、色々なものであるが、とりわけ聡明である。聡明というものは自己批判を避ければ避けるだけ最後には苦しくなる。窮すれば通ずる。彼は窮したであろうか？　彼は窮した外貌は示さないが、通じている外貌を強調する。そこに高村光太郎の秘密がある。彼は、何かを匿している。かつて高村光太郎は、十字架を避けるものは死ぬと言った。たとえそれが、彼一流の精神主義に淫していた証左であったにせよ、問題は解決されてはいない。そして高村光太郎の通じているものの内容は、遺憾ながら寄木細工である。

高村光太郎の迷いの歴史は長過ぎた。彼の前に投げられた影は、魔の影ででもあったのであろうか？　その影のなかで、人には知らせられない、日向《ひなた》にはとても出せない、何事かが行われたのであろうか？　それは、高村光太郎が、いつの間にか本当の高村光太郎ではなくなってしまったのに似ている。私は、本当の高村光太郎が、どうなったかを考えると、暗然として、すべての小さく哀れな生物を想像する。私は、お化けの高村光太郎という奴が、何処とも知れず、やって来て、本当の高村光太郎を喰ってしまったのではないかとさえ思う。そして高村光太郎の真似を継続して、世の中を瞞着《まんちゃく》しているのだ。それは、実に素晴しいイミテーションではあるが、イミテーションであるが故に発展性を持たない。そのお化けなる高村光太郎が、そこいらの注連縄《しめなわ》に、ロダンの首や、観音様の手や、民衆の味方なる護符をくりつけて、奥の見えないところで、咳払いをしているのだ。そして融通無碍なる「可能」の守り札を頒布する。それは恰も「不可能」がなければ「可能」もなく、現象がなければ本質もなく、社会がなければ人もないことを、忘れているかのようである。それは、その筈である。一切の積極性と理論とを懐柔すれば、お化はお化の本体を見露わされることなく、永久にその祭壇に坐ることが出来るからである。

然しながら、偶像は遂に永久に偶像ではあり得ない。偶像は、人が彼を偶像にしたのではなく、彼が彼自らを偶像にしたのである。そこには死滅するか、悔い改めるかの二つの運命しかありはしない。「可能？」「不可能？」

高村光太郎の間違いは、宇宙の「魂」を彼の肉体のなかに盗んだところに始まる。それが彼に「神」の認識を教えず、「社会」の認識を教えなかったのである。そこに生れたものは、完全に力学的均斉を失った、いざりの歩行であった。だから彼は、過誤を冒し得る程度ほどにも、罪を感じ得るほどにも、自然の姿を持ち得なかったのである。彼が、高潔なる魂について、辞書のなかにあるほどの類語を悉《ことごと》く使い果しても、それは「不可能」の戦いを、観念の戦いを戦っていたのである。けれども光に叛くものの影は大きい。もしも高村光太郎に偉大というような言葉をあてはめ得るものであるならば、それはその点だけである。だから彼の口を衝《つ》いて、「やむにやみ難きもののみを愛する」という言葉が流れ出すとき、それは彼を瞞《だま》したばかりでなく、聞く人の耳をも瞞した。

かくして、遊離した観念の煙幕の内と外から、高村光太郎は、大丈夫やり遂げ得る存在であるという暗示を拡げた。またそういう工合に、大丈夫をもって彼に許すところに、人間の世界の悲劇がある。そうした隣人愛は、まことに各個性にとって、各個性のエゴイズムを掘り深めることなくして、ひと先ず正義感に酔わしめるに足るものである。高村光太郎は、成果は望まなかったけれども、成果を望むことよりも一層悪く、そうしたものになっていった。――高村光太郎のデリカシーをもってすれば、一応も二応もその心は貧しかった筈である。けれども、彼が、世俗の誘惑を退けて（不思議なことには、彼は自らの純粋をもって誇りつつ、尚世俗なんていうものを作り出す）、ひとり芸術の道に励んでゆくとき、彼を誘惑する別な悪魔は比重を失った彼にバニティーを与え、プライドを与えたのである。彼は謙遜であるべきときに充分に謙遜でなく、傲慢であるべきときに充分に傲慢で有り得なくなっていった。それは、彼のバイタリティーが当然持っても宜い振幅をせばめ、彼の無軌道を既成の軌道へと馴らした。

高村光太郎は、あたり前の、自然な、肉体人間の、胸の琴線に触るべき声を失いつつ、彼の未発達の怯懦《きようだ》の故に、彼の本能を衝き動かすべきすべてのものを避けていった。即ち彼は、観念的に武装することの要領を呑み込みはじめたのである。彼は、窈窕《ようちよう》たる美女の恥らいの如きものを持ってはいるが、その上にセメントを塗ったのである。そうした高村光太郎が、大丈夫であり得た筈はない。高村光太郎ばかりではない。人間は弱小にして、宇宙そのものの持つエネルギーには比すべくもない。しかも高村光太郎が、その弱小に直面することなくして、落ちていった姿は、落ちつつも同族を率いている姿は、類いまれなる姿であって、確《たしか》に異例である。

諺に言う、鰯の頭も信心からと。高村光太郎が今日発表し得るところの作品は、本当の高村光太郎を想像することなくしては、殆ど数うるに足りない凡庸詩人の区々たる断片に過ぎないのである。高村光太郎には、豊富な書斎で学んだ知識がある。けれども統一がない。なぜ統一がないのか？　社会経験がないからである。感覚と知識とが打って一つとなり、その上に始めて営み造らるべき造化の妙、その多様性への暗示がない。これを高村光太郎が歩いた道、或は歩かんとした道からではなく、客観的史観の角度の側から見るならば、完全に科学性の喪失である。科学のない技巧は、未来性を断滅する。それは逃げてゆくものの技巧であって、技巧のないのに劣る。

高村光太郎は、一面技巧家である。そして技巧家であるべき当然な理由を持っている。けれども、彼の技巧は、巨匠の巨腕を思わせるような技巧ではなく、小刀細工の技巧である。一を聞いて十を知り、十を聞いて一を知るような技巧ではなくして、縫い合わせる技巧である。彼には、抽象され、組織づけられ、構図を拡げるところの造形がない。彼は、芸術家としては、普遍性を持たない、単なる心境のスケッチャアである。彼は、物語るべきロマンスを把握し得ない。彼が統一のある散文を書き得ないのも、統一のあるスタイル美を彫刻の上に築き得ないのも、それと同じ理由からである。

高村光太郎は益々技巧家になる。彼は、彼が志したのとは思いもかけない反対のものになってゆく。そして単に詩を書くだけの詩人にもっとも適し、詩が其他の姉妹芸術とは何の関りもないということを証明する最適人者《ママ》となる。そこで、彼が、本源から来る千のエマナションを説いても無駄である。あれもよく、これもよく、痘痕もよく、靨《えくぼ》もよく、支離滅裂なら益々よく、荒唐無稽なら悦に入るというのは、我執をもって天地の理法を盆栽にするものである。それは、迷い大にして夢に達するほどにも、本源的ではない。それは、リアルもよく、ロマンもよく、離れたるもよく、全なるも宜いと言うのとは、全然意味が異《ちが》うのである。それは、道徳的デカタンズである。一つの樹木として成長し得ないことの讃美である。それはまた、とりもなおさず、高村光太郎が彼の生活のリアルと距離の遠いものであればあるだけ、それだけより少い恐怖をもって接することが出来るということを表明しているのである。一つの結成を示して来るところの芸術は、高村光太郎の生活と芸術との一番痛いところに触れて来るということを裏書しているのである。彼は、民衆の味方だと自称するが、民衆がそれの進むべき方向を決定して来ることを、この上なく恐れている。高村光太郎の主張は、屢々《しばしば》彼の病的症状であり、問題が本当の問題になると、横を向いて咳をする。

高村光太郎がなぜそれほど彼自身をジャスティファイしなければならないかということは、大凡《おおよそ》想像がつくであろう。彼は、彼の成し得ないことについて、彼の魂に色々な着物を着せて誇っているのである。そこからは、決して本当の技巧は生れて来ない。高村光太郎の視野と角度とは複雑なのではなくして、浅いのである。それは彼の立場を守ることより以上には、深くならないのである。彼は彼自身の強力さにもかかわらず、濡手で粟を攫む種類の名人になろうとして、努力する。

高村光太郎の「詩」そのものだけでも、充分にそうしたものを反映している。それは耳へでも、眼へでも、そこから出発してゆく芸術への要素を欠いている。そして彼の哲学は、いつでも思想の足を持たないが故に、借物のように見える。高村光太郎は、実によく、言葉を力説するものであるが、その言葉が概念の凝で突張りあっている。しかも一見天衣無縫であるかのような観を呈するのは、詩そのものの短い特質を逆用して、彼の身を守るに等しい技巧を完璧にまで駆使したのである。然し、駆使した努力に感心することは何もない。その場合、技巧の量は、彼の手におえるほど小規模な容積としか引組んでいない。臀《しり》のはいっていない猿又に惚れるのは、惚れるものの勝手であるが、猿又は猿又を生まない。そこに芸術の進展性もなく、エマナションもない。

「あどけない話」の如く、「花下仙人に遇ふ」が如き詩作品は、高村光太郎にとって最上の部ものである。そこには抒情の美しさがある。そこでは、彼は、へへへののもへじやにいちてんさく、ごの如き韜晦《とうかい》を忘れたかの感がある。然しながらこれらは彼の代表作ではない。彼の傾向に背くところの、時たま洩れて来るところの孱弱《よわよわ》き真実の声である。「種」は誰にでもある。若しも高村光太郎が石の上に落ちた「種」でなかったならば、戻るべき道が発見されないことはない。詩が、彼の芸術の出発点とならないことはない。むしろ彼のエネルギーの強力さをもって、どうして素裸になってしまうことが出来ないかということの方が、不思議なのである。

けれどもここに、彼の主張と技巧とにもっともかなったところの「詩」がある。そして、それをここに引用することは、彼の価値をより少く見積ろうとすることにはならないのである。

もう一つの自転するもの　（一九三四年前奏社版詩集より）

春の雨に半分ぬれた朝の新聞が

すこし重たく手にのつて
この世の字劃をずたずたにしてゐる
世界の鉄と火薬とそのうしろの巨大なものとが
もう一度やみ難い方角に向いてゆくのを
すこし油のにじんだ活字が教へる

とどめ得ない大地の運行
べつたり新聞について来た桜の花びらを私ははじく
もう一つの大地が私の内側に自転する。

これは滑稽である。それは、ユーモラスだから滑稽だというのとは、全然反対である。活字などに教えて貰っているところに、如何にも彼が時代を断片的にしか見得ないことを、暴露しているし、「桜の花」もあれば、「自転」という奇妙なものもある。まだそれだけでは充分に滑稽ではない。この常識的な、なんらそれ自らの細胞を持たないところの「詩」が、実に手際よく活字の上で並べてあるという技巧への熱心さが、それを止め度《ママ》なく滑稽なものにしているのである。もしも「詩」が、技巧の破綻を持つか、表現し得なかったような弱点を持つかするのなら、それはその他の優れた「詩」とでも、生活そのものとでも帳消になる。私は、「詩」そのものを、それほどまでに追究しようとは思わない。然しながら、この場合には、それよりも以上なことがある。力及ばないのは致し方ないが、間違っているのは致し方がある。そこに高村光太郎の全貌が批判されても宜い。この「詩」の蔭には、力余って、しかも似て非なる、紫の朱を奪う種類の高村光太郎が鎮座していて、それが止め度《ママ》なく可笑しいのである。

　間違えば間違うものである。無駄は、いつまでたっても無駄である。それは、ちゃちなことよりも、賤劣なことよりも、凡そ汚らしいことの一切よりも、またすべての背徳的な興奮よりも一層無価値である。高村光太郎の芸術的意図が、どうかすると鼻唄にも劣りかねまじき傾向を示すのは、彼の聡明をお殿様の聡明としてしまうものである。極端と極端とは相通ずる。それを一押し押せないのは一寸法師である。

　高村光太郎は、詩人であることにもまして、よき思想家であり、よき批評家であり、よき芸術鑑賞家であるように信ぜられているかも知れない。また実にそうしたものであり得たかも知れない。然しながら、それらのものは彼のなかで痕跡を示すことは示すが、もはや生長し得べき機縁を失ってしまっているのである。彼は、思想家としては、彼の人道主義的正義観を、歩み得る社会意識の、大人の見地にまで引上げることが出来なかったのである。彼は同時に、所謂《いわゆる》アナーキスト的なるものをもって、自他共に許されているのであるが、それは、彼の思想が皆無であるということに、間違ってつけられた名称である。彼に一番判らないものは、文明《シビリジャション》の意味である。彼は、彼が彼自身の成果を思わないと称するものを、文明が文明の成果を思わないと空想したものと混同してしまったのである。それは即ち危険性のないアナーキストになり、愚に帰ることよりほかには方角を持たない。そして、すべての無智なるものは同時に道徳的である。この関聯を堂々廻りして、彼がプロレタリヤ精神に近づこうとしても、モダアニズムに理解を持とうとしても、それは鳥黐《とりもち》で魚をさそうとするようなものである。そこでじだんだを踏めば踏むほど、すべての混同が甚しくなる。彼は、彼と彼の時代との関係を忘れてしまう。彼は古典と原始とへの距離を考えることなしに、それをどの方角にも、くっつけようとする。それは、足の下に頭があってもよければ、手の上に臀があっても宜いようなものである。彼の芸術的意図は、花を咲かせずして果をならせようとするのである。それは、「種」を蔵していない。それは人造鶏卵製造法である。過去の総和が未来を決定する。歴史が革命を決定する。そこに様々な芸術があり、様々な社会的動向がある。高村光太郎が、意図しようと意図しまいとにかかわらず、彼が決定しつつあるところのものは、彼の影響が存続する限りに於て、それは芸術的小児病の蔓延である。小児病患者から見れば、彼の無思想こそ、もっとも大きな思想として投影するのである。それは封建主義の復活である。

　高村光太郎は、彼の思想の貧弱さから、彼の戦いの積極性からではなく、その観念の矛盾から、手も足も出なくなった彼自身に帰って来る。そして「首の座」にもつくであろう、そこには文学青年が到達し得べき最高の脚榻《きゃたつ》がある。とはいえ、そこからも一ぺん思想への成長を、成長し直し得ないことはない。高村光太郎が思想家になるために一番必要なことは、彼が言葉の概念を破壊して棄ててしまうことにある。そこには純粋もなければ不純粋もない。本来から言うならば、高村光太郎ほど言葉を創造し、言葉を豊富にし得るものはない筈のものであるが、実際は彼ほど言葉の意味を小さくし、言葉の範疇のなかで、思想と感覚とを殺すものは少い。高村光太郎のなかで、あらゆるものが顚倒してしまったということは、それさえも、それさえもが彼に何等かの未知数を与えるということは、高村光太郎及びその社会として、一つの命題を提供する。

高村光太郎は、物見高い旅行者のように、様々な異った芸術を見ることは見るが、彼の認識ほど当にならないものはない。彼は、芸術は社会の反映であるということにさえ思い及ばない。彼は、彼の芸術的伽藍の礎を持たないのである。彼は、彼の見る芸術を自分自身にさえ充分に紹介し得ないのである。それはまるで、空から隕石が落ちて来たような話である。彼はまた、率先して「自然」を讃美した人間であるが、それはどうやら、自然は人類ほど、彼の我執を苦しめないという理由から来ているらしい。だから彼は、自然の内蔵する因果の律を呼吸しない。そこから、生産とエンジョイメントと、また自然科学とを引張り出してくることをしない。彼は、彼自身が既に自然物の一つであるということを知らないほど、自然を知らない。それは丁度烏が孔雀の羽をさして喜んでいるようなものである。もしも烏が、孔雀の羽ばかりでなくてはならないというほどに思い詰めたならば、何が、「可能？・」「不可能？・」。自然の大気を人間界に吹き入れたいというのなら、もっと批評の密度がこまかでなくてはならない。彼には、彼の推賞するホイットマンがどの位《くら》い古くなったかは判らないのである。古くなっても宜い出発点に横《よこた》わっているところの、本当の姿について批評を持つことが出来ないのである。ホイットマンが、一応は、あの思想的浅さにいても許さるべきであった、その足の短さから彼自身を刺戟するような真剣さを持ち得ない。彼は、「物」を正当な位置に置くことも出来なければ、「物」を比較することも出来ない。彼は、物見高い旅行者であって、そこで彼の気に障るようなものがなかったならば、その旅行は大成功だったという側の者である。これを、彼の芸術の技巧のところに照し合わせるならば、彼には、モデリングが出来ない。そこでは、「物」が多過ぎる。彼には、心理を描写する力がない。彼は、彼の外にあるところのものの心理が判らなかったのである。しかもこの心理描写の力なくしては、文学という仕事は不可能な仕事である。

高村光太郎の高邁なる精神の押出しをもってして、どうして、芸術は畳の上の水練と同じようなものであるというところまで、その成果を持って来たのであろうか？　彼は、ユーモアも、諧謔も、諷刺も、官能美も、ただ一色の有り得べからざること、即ち非生活性へ硬化させなければ、受取ることが出来ない。所謂浮き世の浮き沈み、そのなかにある甘さと、酸《す》いさと、苦《にが》さ、しかも、のっぴきならぬもの、有り得べくして有り得べからざるもの、夢にして夢にあらざるもの、その重なり合っている人類の核心から、本源の泉が湧いているのだ。高村光太郎は、本源の泉の番人であるような恰好を示すが、実は、その泉が枯れてしまっているのに気がつかないのである。彼はレビュー・ガールの脚が生活を生活するほどの生活をさえ、生活しなくなるのである。高村光太郎の芸術のキメは一見細《こまか》いようで本当のことを物語るにはキメが荒過ぎる。笊《ざる》の目から水が漏れるように、彼の芸術からは生活が漏る。

これを要するに、高村光太郎の理解の主体は、徳川三百年間に燃え尽してしまってもよかったところの、燃え残りのようなものでもあったのだろうか？　高村光太郎のうしろに道は出来ないが、も一度掃蕩さるべき、道徳的がらくたが残る。高村光太郎にとって、どうしてこんなことがあり得たのであろうか？　一切合切さかさまごとではないか？　自然主義者の不自然、非結果主義者の結果主義、そのさかさまになった重力の圧迫の下で、高村光太郎は、僅《わず》かに、徐々に薄らぎつつ、悲鳴をあげる。

高村光太郎の芸術家としてのスケールは、実に限りなく小さい。彼は先駆者の栄誉を担わない。彼が、人生に向って清涼剤として働きかけているように見えるところのものは、実は催眠剤として働きかけているのである。

高村光太郎の「墓碑銘」なんてどうなっても構わないのだ。そこには、ロマンスが花咲かない。自由への戦いの血が流されていない。彼はコスモスを云々するが、小日本のなかに一層小さい日本を建てようとしたのである。

然《しか》し乍《なが》ら、高村光太郎は、本当にたったそれだけの存在であったのであろうか？　彼は彼の芸術的成果を問われなくとも存在そのものだけで、既に神話的人物ではなかったのであろうか？すくなくとも、彼には何処とはなしに巨人の面影があるのではないであろうか？　彼の偉大を信じていた人々にとっても、また、彼の後から進んでゆく時代にとっても、高村光太郎がこのままで終るということは、実に心外であり、不思議の極みである。私は、彼が彼自ら匿《かく》しているところのものを問わない。私は、彼の上に懸けられた悲劇の真相を暴く。私は本当の高村光太郎を喰ってしまったお化けの高村光太郎の面皮を剝ぐ。私は歯の抜けたライオンをその祭壇から叩き出す。私が彼を斬る剣は、もろはにして同時に私の胸をも刺す。嵐が起きて、私達の間を吹きまくるが宜い。誰が、そこから本当の高村光太郎が帰って来るかも知れないことを否定し得よう。何もかも、可能である。そして最後の「可能」は、社会の手に委ねられるのだ。

真田幸村論

小さくしてスキャンダル、大にして戦争に及ぶまで、個人の表現力は、結局社会の表現力であるが、歴史のなかには異常なる出来事と称すべき幾多の事件がある。

お母さん、お父さん、兄弟、友達、同志、猿、鼠、芋虫に到るまで、袖振り合う他生の縁を持つところの吾等は綜合のなかでしか一つの個性を持ちはしないが、異常なる出来事に晒された異常なる個性の物語を、屢々《しばしば》持つ。トーマス・カーライルは、そこに、神秘を発見し、英雄を崇拝した。英雄の事蹟を個人の事蹟であるとするのが誤りであるにせよ、物語それ自体は実在した。個性は如何なる場合にも単なる傀儡《かいらい》ではない。すべての差別は、花が咲いていることにも、実がなっていることにも、蝶が飛んでいることにも、陽が照っていることにも、かげっていることにも、それらの間に厳存する。

されば、一つの個性を追求することによって、普遍的真理に、その必然性にまで到達することは不可能ではない。英雄、豪傑、変人、スキャンダリスト、すべてそのアブノーマルな点に於て、卓越せる人々を、理解することが出来るならば、それは個性について何かしら一番難しい点を理解したことを意味する。そしてこの世の中で理解されないで済むような事柄は何一つない。理解を透してのみ吾等は前進する。英雄は、そこでは隣人であり、また吾等自身である。

そもそも、モーゼが誰であったか、クレオパトラが誰であったかを詮議だてする必要はない。その物語が表現するところのエスプリを掴めば宜《よ》いのである。そして、その物語、及びその物語に含まれているかも知れないインチキ性をも合せて、綜合のなかで架空の存在となった個性のバイタリティー及びその転生力を計り識れば宜いのである。正しく、抽象は、無形のものは、しばしば生命の本質であり、過去から未来へ吾等を渡すところのものである。そのような努力が、吾等の所有のなかに残されているならば、これをこそ神秘の一つとして数えざるを得ないではないか。

私はここに、古今東西にその類を絶している武将真田幸村のことを考えているのである。それは最早や武人真田幸村ではなくして、闘争の普遍性に於て、表現力の最も逞しき、またもっとも逞しかるべき地位に置かれたところの人間精神の高峰、一つの「出現」に就いてである。私はここで、真田幸村の物語に、附加すべき如何なる材料をも提供するものではない。何もかも既にあるのである。ただ見れば宜いのである。そして充分に見るならば、彼の偉大さは、ナポレオンや、ビスマルクや、太閤秀吉や、また優に蜜蜂の唸声をも凌ぐものである。

彼は、彼の行為の必然性を最後まで追い詰めることに於て、他の如何なる武将よりも、もっと激しい「武」を発揮したのである。その「武」たるや、既に抽象的普遍性に於て、一つの営みであり、聖なるものである。もしも彼の「存在」を考えることが出来ないならば、すべての英雄は抹殺されなければならない。そのような偉大なる英雄真田幸村を、この吾々の、日本が、かつて持ち得たということについて、颯爽たる誇《ほこり》を、即ち可能性は隣人のなかにもあるという喜びを、吾々は分ちあっても宜いのではないであろうか。

加藤清正は言った。——「はじめ弱くとも正しきものは最後には強くなる」と。すべての必然性は強い。低きにつく水は強く、生は死よりも強く、死は生よりもまた強い。けれども真田幸村の偉大さには、もはや「強い」などという範疇が存在しなかったのである。真田幸村の前には、強くなることも、忠義を尽すことも、覇業を遂げることも、治国平天下の道に殉ずることも、存在しなかったのである。彼はただ、武人の面目を発揮したのである。彼は、夾雑物なき純粋無垢の「武」によって立ったのである。そこには彼の知性の自由と、戦場の美々《びび》しさと、スポーツマン・シップとを見ることが出来る。別な言葉で言えば、あの戦国時代に於て、闘争を本当に享楽することが出来るほど不敵であったのは、真田幸村一人であった。即ち彼よりも強き武人は存在しなかったのである。彼にとっては、宗教も、道徳も、禅学も、精神の修養も、闘争を闘争とする武人の生活を糊塗するために必要とはしなかった。そのような真田幸村が軍師であったのは当然なことではあるが、一つの彼にのみ与えられた特殊な運命を担ったことも当然であった。その特殊な運命を担ったところに彼の英雄としての物語が展開したのである。そこから如何なる誤《ご》謬《びゅう》や、曲解が生れようとも、そこに匿《かく》されているところの真実は、再生すべき個性の未来を、もっとも逞しく表現すべき素材に満ちあふれているのである。

真田幸村に関する流説のなかには一抹の妖怪味が漂っている。それの派生したものが、霧隠才蔵であり、猿飛佐助である。そうした妖怪味は、真田幸村の戦術の神出鬼没なるところからのみ生れて来たものではない。それよりも寧《むし》ろ、真田幸村なる人物を理解し難いところから生れて来た、解釈の方便に使われているところが多いのである。真田幸村に対する世俗の崇拝は、決して真田幸村の全貌にまで近づかしめるものではない。真田幸村なる個性は、その時代の、またそれに続く時代の、類型からは決して押《ママ》し量られないところの個性である。彼は、普通の意味では、非人間的な人間であったのである。彼の時代に於ける位置は、ルネッサンスに於けるレオナルド・ダビンチの位置を想起せしめる。メレジコフスキイ描くところの「先駆者」によれば、ダビンチが子供に林檎を与えようとして、その母に遮られるところの、悲しむべき場面がある。それにも似た、理解の欠除が、真田幸村と彼への関心のなかに横《よこた》わっている。人は真田幸村の悲壮美に打たれ、彼を彼等の理解の範囲にまで引下ろし、猶《なお》理解し得ざるものを「魔性」によって補おうとした。仁智公明なる常識家徳川家康にして、猶且つ村正《むらまさ》の「魔剣」を恐れなければならなかったということは、真田幸村なる人物が彼の判断の埒外《らちがい》にあったということを例証するものである。

徳川家康の偉大さは、感情や勝敗に捉われることなしに、ひたすら大局を収めるところの碁を打っていた点にある。彼は彼の目的を明《あきらか》に認識していた点に於て、その他の如何なる武将よりも優っている。天下取りを業としていながら、一度《ひとた》びそれを目標に置いた限りに於ては、二義的な興奮や行懸りに於て蹉跌《さてつ》するのは愚である。徳川家康から見れば、多くの武将は、迷い多き精神主義的愚将であった。彼は敵に勝つよりも先に己に勝った。彼は誰にもまして大人だったのである。それは聡明を意味し、批評家をも意味する。そうした徳川家康にとって大阪《ママ》の陣は、戦わずして既に掌中にあるところの戦争であったのである。しかも人間生活の真実は、それほど単純ではない。徳川家康は、そこで理解すべからざることに当面し、理解すべからざる戦《いくさ》を戦った。そして理解すべからざる天下を取ったのである。然《しか》し乍《なが》ら、果して、何の為に？　彼は永遠に真田幸村の真価を理解することが出来ない。そこには、ただ、恐怖の記憶があるばかりである。

戦国の武将は、それぞれ何等かの意味で批評家であったが、最も卓越せる批評家は真田幸村であった。敵を識ることの必要は兵書にも裏書があるであろうが、人物を談じて最も俊敏であったのは、真田幸村である。真田幸村は、太閤秀吉をもっとも高く買っていたようであるが、彼の批評が、意表に出で、彼の彼たる所以《ゆえん》を端的に示す例は一再にして止まらない。その一例をあげるならば、彼が、忠節無比と言われた片桐且元と奸佞邪智《かんねいじゃち》と言われた大野治長とを談じて同じ程度の人物だと鑑定したが如きである。それは彼が、父昌幸と共に、九度山《くどやま》に於て来たるべき戦争を待機しているとき、たまたま洩したところの批評である。昌幸は、石田三成を肯定することは出来たが、大野修理治長を肯定することは出来なかった。

――大野修理とて、種類こそ異《ちが》え、片桐且元と較べて人物に優劣はありません。

そう言って退けることの出来た幸村の眼中には、ただ来たるべき戦争の必然のみが、その戦場に於ける彼自身即ち「武」のみがあったのである。彼は最悪の場合を予想している。その先見の明は、科学性であり、戦わずして既に、現場に布陣するが如き観あらしめる。彼が、大阪陣に於いて総大将となるべき運命は、その達観の蔭に予約されている。彼は、縄には縄の価値を、裏切者には裏切者の価値を、烏合の衆には烏合の衆の価値を、一つの目的「戦い」に向って配列し按配していったのである。それを換言するならば、大阪城そのものが既に、徳川の全軍をも合わせて、彼の「武」を発揮するための道具であったのである。このような種類の聡明さに対して、徳川家康が当惑したのは当然なことである。それは理解することの出来ないものであった。

家康は、大阪の陣に於て、天下を掌握することの難《むずかし》さを幾度か味わったであろう。天下は既に、大阪の陣が、あってもなくても、家康のものであるらしい外観を備えてはいなかったか？　家康が、織田に譲り、豊臣に譲りしてきたその天下を何の必要があって、真田ごとき一主将が妨げをするのであろう？　それは腹が立っても宜いような種類のものでさえあったであろう。徳川家康からみて、真田幸村の強味は、その火戦と、その密集部隊と、その伏兵と、すべてを統帥しているところの用意の周到さにあった。けれども、一度《ひとた》び茶臼山に本陣を据えて、二十八万余の大軍を指揮している自分自身に立帰るとき、将軍家康は、真田幸村なる存在が次第次第に小さくなってゆくのを感ぜざるを得ないのであった。家康は、かつてこれほど大きな大軍を指揮したこともなければ、またこれほど勝敗の数定まった戦に臨んだこともなかった。家康は、日本全国の後援を、すでに獲得していることを信じていたし、百姓町人に到るまでこの大勢に縋《すが》って、ひたすら平和を願ってはいなかったか！

それにもかかわらず、家康の擁する二十八万の大軍は、幾度となく、真田の寡兵によって総崩れに崩れたつ目に会わされたのである。家康には、それが腑に落ちなかった。家康は、戦わずして天下の形勢を察するところの大将であり、大阪方の淀君、大野兄弟、木村、後藤、真田、などを一束にしてみたところで、一場一戦の勇士であり、区々まちまちに智慧を絞っていたところの存在に過ぎなくはなかったであろうか？　家康は、戦を失うごとに、平たい、何処を向いても纏《まとま》りのないような、小さい変化に富んだ、しかも入ってゆけば次第に低いところに落ちてゆくような、難波《なにわ》の地勢を呪った。家康は、すでに何もかも出来上っている献立を前にしながら、何か一つ欠けているような、思い出すことの出来ないような、思案の外にある不安を感ずるのであった。

家康の希望、家康の覇業、逃げて逃げてひたすらに時代の武将の矮小さを察した誰も知らない家康の心境、そうしたものに罅《ひび》のはいって来たような暗い寂しさが彼の上に拡がるのであった。家康は、そうした暗いものを追い払うためにも、陣頭に馬を進めて、彼の勇気の何たるかを示した。そこに醸される戦の破綻を、遠く真田幸村が計っていたのである。

兵は機に臨んで変ずべきものであるが、真田幸村の戦術は、自然をもって不自然を撃つにあった。彼は偶然を期待しなかったのである。静なること、林の如く、星座を護る天の運行の如く、知ることをもって彼は行動したのである。それは実に数学的でもあり、非数学者から見れば、一個の易者であった。彼が様式ぶった時代風の軍立を廃して、密集部隊を用いたのは固《もと》よりの話であるが、それから彼は、到るところに伏兵を置いた。彼は伏兵を置く場合に、森だとか、岡だとか、草木の繁みだとかを避けた。彼は、僅《わずか》に身体を横にして匿すにたるだけの傾斜だとか、浅い溝だとかを利用した。そして戦場に少しでも余計に変化を導く余地を残したのである。それは宛《あたか》も、水から登る湯気を利用して、鉄の車を廻転させる科学者の忍耐と聡明とに類似している。そこに、無から有を生ずるかと見誤《あや》まられる、妖術味が幸村への概念につき纏ったのである。彼はまたどんなに小さい戦でも、戦の単なる部分としては取扱わなかった。昨日の風は、今日の雨と、別《わか》ち難き有機体として取扱われたのである。それらは僅《わずか》に、彼の戦場を物語る意味での戦術に過ぎないのであるが、彼が武人として最も大規模の大軍を擁して誤《あや》まらないところの、スケールの大に確実性を与えるところのものである。

太閤秀吉は、気宇広大無辺の英雄として、一般にも認識されているが、幸村のスケールの大は、軍師なる名の蔭に、また天下を争うべき何等の主体でもあり得なかった意味に於て、二義的なものとしてしか考えられていないのである。然《しか》し乍《なが》ら事実は、彼への理解が透徹しさえすれば、彼こそ戦国武将中もっともスケールの大なるものであり、そのことの闡明《せんめい》が、勢いこの論文の主題を徐々に説明してゆくものである。頼山陽なる史家は、社会変遷の真実に触れ得るような思想家では固よりないが、個性の、また感情の歴史を伝えて最も当を得ない作家の一人である。そこにあるものは理想主義への模倣であり、個性が単なる傀儡としてしか取扱われていない点に於て、それは個性への侮辱であり、統一と主権への媚態であること以外には、何事をも表現していないのである。そして頼山陽的なる史観以外には、物語のなかに現れた英雄達を理解する手段を持たなかったことは、過去の日本の個性認識の大《おおい》なる貧困の一つであった。所謂《いわゆる》武士道なるものは、社会的道徳的何等の価値を持たないものにせよ、そこに先在したところの「武」及び戦争は、それに携わった個性の再検討をも合せて、一人のホーマーを、一人のセーキスピヤを必要とするところの種類のものである。メーテルリンクの「剣の讃美」は、単なる「剣」の讃美ではなくして、「剣」を透してはじめて現れ得る人間精神の躍動の讃美である。まだそれだけでは変態的であり得るかも知れないが、剣の讃美なくしてハンマーの讃美もない。問題は、そこから普遍的真理を、個性の受難史を捉えて来ることにあるのである。そのときはじめて、英雄のバイタリティーも、インテンシティーも、スケールも、真実の光を浴びる。彼等はもはや単なる過去の幽霊ではなくして、積極的意識の主体である。そのように、真田幸村なる主体のスケール及び特殊性を理解するならば、当然そこから新しい発見が生れて来る筈である。

一般には、毛利元就が幼児として厳島に詣でた時の、あの逸話をもって、人はスケールの大小を計る基準とする傾向がある。然しそれは単に慾望の大小である。これを太閤秀吉の慾望あるとも知れずないとも知れず、なんとはなしに気宇の広大無辺なのに比ぶれば、まだスケールを云々するに足りないものである。然し乍ら英雄という呼称のなかには、その人物の具体的活躍の舞台が含まれていることは当然である。そうした舞台についてならば、幸村もまたことを欠かなかったのである。そしてそうした舞台が如何にして彼の為に予約されていたかという点に、個性の持つ運命、個性とは畢竟《ひっきょう》ずるに人類の歴史のなかでの一つの役割でしかないということの大きな秘密に触れるのである。そしてその役割の異常さにこそ、そこに演ぜられた人間精神の振幅の破天荒さにこそ、英雄の英雄たる真価を意識することが出来る。そして、それが真田幸村の場合に於ては、真田幸村の存在なくしては、あの戦国時代が首のない見世物のようなものとして終ったであろうという、空前絶後なる意味合いを持っているのである。彼は、そこに聳《そび》え立つところの一大高峯である。

真田幸村をして、そのような一大高峯たらしめたところの原因は、彼のなかにはなくして彼の外にあった。太閤秀吉をして英雄たらしめたところのものは彼の外にはなくて彼のうちにあった。太閤秀吉は築きあげた、思いがけない英雄であり、真田幸村は破壊した、さもあるべき英雄であった。実に真田幸村は英雄たることを希望しなかった英雄である。それは真田幸村のこの世への出立の日からそのように定まっていたのである。真田幸村が年齢僅《わずか》に十四歳の武将として、その生涯の幕を切って落した初陣の如何に惨憺たるものであったかは、戦国史中その類を見ないところのものである。私はここで武田家没落後の上田城の囲を指しているのである。真田幸村を理解するためには、大阪の陣が必要であるのと同じ位《くら》いに、上田城の囲が必要なのである。そもそも「武」とは何ぞや？　頼山陽作るところの川中島の合戦の詩のごときは、博奕打《ばくちうち》の喧嘩の人情的翻訳に過ぎない。

私はここに「真田三代記」の一節を引用して、天目山の合戦の間に合わず、上田城に引返す真田父子並びに六文銭旗の由来に触れ度《た》いと思う。

……（前略）ア、是非もなし、武田の微軍人力の及ぶところにあらずと大いに歎じければ、幸村聞いて父君には如何なれば斯く怖れ給ふぞ、某しを以て観る時は上杉は小勢なれども破り難く、北条は多勢と雖も群集虫の如し、只一戦に破るべしと申ければ、昌幸打笑ひ然らば其謀計を聞ん、与三郎斯様斯様なりと申ければ、昌幸大いに悦び夫より無紋の旗六流を取出し、北条方松田尾張守が紋所の、永楽通宝の銭形を画せ置き、先一手は荒川内匠に七十人差添て件の旗を指せ、其外布下弥四郎真田源次郎穴山若千代真田与三郎等に皆同じ旗を指せ、其夜子の刻に吶《とつ》と鬨《とき》を揚て北条の陣へ夜討を掛けしかば、北条方大いに駭き驚破や夜討ぞと見れば松田が定紋なれば、扨《さて》は尾張守謀反せしと犇《ひしめ》きける程に、陣々大いに騒動して同士討相討上を下へと返しける。仕済したりと真田は兵を纏めて此紛れに道を開き上田を指て帰りける。北条勢は真田が謀計とは夢にも知らず、狼狽まはりて小田原へと引取けるこそ愚なれ、扨も昌幸はまだ妙齢なる幸村が知謀を以て上杉北条が大軍の囲を解て易々と上田へ引籠りければ、昌幸大に感じ、与三郎初陣に僅四百余人にて北条が四万五千を破りし事、前代未聞の功なれば今より此吉縁に因みて我家の紋所は、持出せし六流の永楽銭を象《かた》り是までの定紋なる雄金の外に六連銭に改めんと、弥々《いよいよ》是を定紋とは為たるなり……。

この一節が、敵もなく味方もなく、六連銭の旗印と共に生れる真田与三郎幸村の第一歩を描くものである。(この「真田三代記」なるものは、文学的でも、また誤りない史実的なものでもないかも知れないが、戦記中最も活力あるもので、私はここに、「太平記」「平家物語」のような古典よりも遥に深い人間精神の躍動を汲み取る) 幸村は、武田家没落過程の戦国時代に生れ、彼が始めて戦場に臨んだときには、そこに、徳川、織田、北条、上杉、その他、後に天下の覇権を争うであろうところのすべての武将達が、悉《ことごと》く合流した敵として殺到して来ていたのである。それは惨憺たるものではあったが、彼が戦国時代そのものを一束にして、向うに廻して起ったことを意味する。そのスケールの大は期せずして現れ、しかも幸村自身がそのスケールにあずかり知らぬところに、破天荒なる彼の運命が約束されていたのである。吾々現代の意識に於て、物語の正確不正確を超越して、論理的にも心理的にも潑溂として、生きたる英雄真田幸村が現れて来るのは、そこである。それはもはや架空の物語ではなくして、普遍の、既存してまた再生すべき物語である。人間の、感情の歴史についてこれより以上信頼すべきものは他にはない筈である。

この白地に描いた六文銭の旗が、難波軍記に於て赤地のものと変っているのも、彼をシンボライズする上に於て、不思議な符節である。彼にとってのスケールは、彼への圧力のなかに孕まれた。彼の英雄たるところは、いつでも天下の大軍が、あたかも円の中心の点を取巻くように、彼に向って殺到して来たところにある。彼の活躍の舞台は、味方の数によってではなく、敵の数によって無限に大きくなっていったのである。これを太閤秀吉が、千成瓢簞を一つずつ殖やしていったのに較ぶるなら、その武者振たるや正に対蹠《たいせき》的なものである。そして大小によらず、太閤的なることこそ武将の一般性並びに願《ねがい》であるべきである。太閤は多数決の雄である。それならば、真田幸村の「武」とは如何なるものであったのであろうか？　彼にのみ許された特殊性にこそ、個性解剖の意義があるのである。

武田家没落の甲信になだれ込んで来た、戦国聯盟の大軍が、孤城上田を陥し得なかったのは、単に幸村の智や勇に依るものではない。必然がそこにあったのである。掠奪と所有慾に飢え猛けるところの、もはや如何なる「武」も「武士道」も投げ捨ててしまったところの、即ち恥も外聞も構わぬ、「可能」の潮に乗って迫って来た大軍が、真田幸村一人によって遮《さえぎ》られたということには、当然の真理がある。旺《さかん》なるものは制するに易く、そこにはじめて、幸村によって「武」が発揮されたのである。これこそ、「武」よく「非武」を破れるものである。そして「武」とは何ぞや？　武は、勝つことに非ずして、武の術に到達することである。まことに、そのように抽象されたるもののみが、有徳である。もしそのような「武」がなかったならば、戦国時代は人類精神の汚辱史を提供するに過ぎぬ。そしてそれは単なる荒唐無稽の悲喜劇をもって被われたであろう。如何なる歴史をも絶対に否定されることが出来ないのは、そこから生れる普遍性と真理とが、科学への道を開くからである。すべての悪を合わすれば、すべての善に変ずる。それが即ち人類の転生力、永遠に××〔革命〕する原動力である。真田幸村によって、「武」が「武」であると同時に、それは何か新しいもの、何か不思議なもの、一輪の花開くが如くに「武」の絶頂が見えはじめて来るような観がある。これこそ、幸村が武人たる名にそむかず、しかも先駆者として現れ、英雄として現れて来る所以である。そこに蒸溜されたるもの、何か一番高きものと共通なものが、幸村のなかにある。彼はそういう意味に於て抽象人間にして、未来人間にして、新しい一人の男である。

生命を捨てることは、武人の習いであったであろう。しかしながら、幸村のように「虚」にいれば「虚」に仕えることは出来ない。彼の軍略や采配振が、肯綮《こうけい》に価いしたのは、むしろ結果である。そこには、所謂武人的、武士道的、いかなる通念も必要ではない。また史実的にも、彼の如く、道義や精神の必要を説かなかった武将は古今稀である。しかも、巧まずして優しく、不敵なること無際限、単騎として彼の面を正視し得るものなく、敵が彼に対してもつ畏怖の念は、後悔と羞恥との雑《まじ》ったある種のものであった。これをこそ仮りに「武」と名づけないならば、「武」の概念は構成さるべき基本を失い、それは当然言葉そのものの解体を意味するものである。そのような使命に起ったところの幸村を、どの点まで秀吉が見得たかは疑問であるが、何か胸を打つものを感じたことは当然のように思われる。英雄は英雄を識る程度でなければならない。然しながら幸村から秀吉を見れば何もかも見えたであろうし、見えた限りに於て彼をもっとも高く評価したことを察することが出来る。しかも秀吉の天賦の才能たるや、それは次第に耄碌《もうろく》すべき傾向に置かれた質のものである。秀吉は如何なる意味に於ても、天才的な存在ではあったが、思想する人間ではなかった。

幸村の生涯は、上田の囲に於けるが如く、悪戦苦闘、不可能を可能にするような種類の戦いをもって始まったのである。窮将に非ざれば天を仰がず、天と地との間に練った彼の武技が神変不可思議なるものとして生長していったことに、何等の妖怪味もあるものではない。要は理解の深浅の問題である。彼の火技砲兵戦の妙同時代に断然追随を許さなかったところのものは、彼の発明的要素、即ち「武」の飛躍を物語るものである。彼は「武」を透して個人性を離脱した個性である。そのようなものが戦機の虚を見、また実を見、一片の木の葉をも捨てることなく、十騎ならば十騎によって謀計をたて、百騎ならば百騎によって謀計をたて、千騎なら千騎によって謀計をたてた、即ち如何なる「戦場」をも捨てることなき軍略を生み出したのである。その意味に於て、彼の「武」は、アブソリューであり、オールマイティーである。彼の場合に於ては、味方が一人もなくとも、敵がある限りに於て、そこに「戦場」が厳存していたのである。これを具体的才能に直して見るならば、彼は怪力に非ずして一騎打によく、謀を帷幕《いばく》のうちに廻らすによく、三人には三人分の食糧を、十人には十人分の食糧を、配慮到らざるなくして、如何なる難戦に当っても不自然の戦いを戦わしめない。その首尾一貫した無理なき自明の理による行動は、軍師や大将と言うべきより、ただ「武」の表現と言わざるを得ない。そこに演ぜられるところのものは、悉くファインプレイである。史家は、しばしば彼の軍略を、楠正成のそれに比する。然し乍ら私をもってこれを見れば、楠正成はその時代意識の華々しく思われた役割に於ける適材であったに過ぎなく、その質に於て遥に劣るものである。もしも彼我位置を代えて、真田幸村をして湊川を戦わしめたならば、あのような敗戦を戦わなかった筈である。真田幸村は敗るるも必然に従って敗れる。真田幸村の武はヒロイズムや、面当や、忠義や、死をもって酬いることに終らない。彼には、いつでも第二段第三段の術があって、彼の軍略が用いられない場合には、用いられないことそのことが、戦場の条件の一つとして始めから加算せられるのである。戦《いくさ》はもう、そこから始まっているのである。そこに彼の底抜けの変通自在性がある。彼は裸一貫で、天下の「武」を戦う。だからその武は、敗北の必然に従って敗北する以外に決して敗北しないものである。彼の「武」が智にも終らず、情にも終らないところに、正成に比して破天荒なる意味合いがある。然し乍ら、疑問はそこに生れるかも知れない。幸村の「武」がそれほど破天荒なものであったなら、何故に彼は天下の覇者たるべき出現にまで生長しなかったのであるか?

　この当然すぎるほどの疑問は、再び幸村を彼の戦場にまで追い帰す。幸村は関ケ原合戦に際して如何なる態度を採ったであろうか。幸村父子は、長男信幸を敵にまわして悔いず、徳川秀忠の軍勢が西下するのを、上田の孤塁によって阻んだのである。その去就を決すること早く、知己太閤への一片の餞《はなむけ》となすところ、淡々としてその心根の涼しきことを窺わしめる。時の英雄豪傑と称される武将達が、この天下分目の戦《いくさ》に臨んで、算盤玉と好悪の情とに惑わされて逡巡し、負けて勘定違いの戦い、勝っておあずけの戦《いくさ》を戦ったのとは、正に雲泥の差である。幸村は関ケ原合戦の何たるかを理解し、彼の見識は彼に別個の戦いを戦わしめたのである。彼は汚されざる彼の「武」のみによって、秀忠を完全にその天下分目の戦場から封じ去った。彼が武人として、実によくその舞台を把握し、把握した舞台でなければ、戦わないというのは、彼の武の敗れて悔いなきアブソリューを物語るものである。彼の気宇は、一城一国の主たることにもなく、天下を争うべく日夜縄張の拡大に熱中することにもなく、如何なる場合にも断乎として、小なれば小、大なれば大、最大限にまで戦うべき舞台を摑んでゆくことにあった。そしてその舞台が、彼一人、敵無限なるときに、彼のスケールの大は無際限となる。論にも行にも倒れず、所謂律義者の埒外に遠く飛び去って、天下の「非武」を一睨するところの気魄《きはく》は、古今東西の英雄をして顔色なからしめる。彼にして、戦国時代の一大団円を結ぶべき使命があったということは、正に当然と言わなければならない。己を識るものは円転滑脱である。幸村には如何なるバニティーも行懸りもない。関ケ原合戦の勝敗定まるや、宛《あたか》も待ち構えていたように、彼は彼の兄信幸をして自分等親子の命乞いを徳川方に向って謀らせたのである。彼は簡単に城を枕に討死するような小さい存在ではない。彼は一門郎党を率いて九度山に蟄居すること十五年、その間妻を失い、また父に死別し、しかも夜々かの時代の心胆を寒からしめた張抜筒《はりぬきづつ》の数を殖やしていった。それは何《いず》れにしても窮将たるの運命である。それは避け得られる種類のものではあったが、また自ら求めたところのものでもなかった。幸村は必然の道を踏んで、必然に生きる、一つの宇宙である。

幸村を悲劇的人物と解釈するのは、まだ彼の悲しみを知らないものである。天下無敵にしてしかも勝たない彼の使命！　勝たないことによって益々旺《さかん》なる彼の「武」の芸術！　天下を取ることの代りに、「武」を取れるもの、それは、そこで「武」よりもより高き未知なる「武」となる。それはかの戦国の諸将に引導を渡す種類のものであり、罪業をして消滅せしめ得る普《あま》ねき結句

「アーメン」である。栄冠は彼の上にある。そのような彼が、闘争日もなお足らざる時代に於て、またそれに次ぐ時代に於て、薄ぼやけた神秘のベールを被せられたことは、また当然と言わなければならない。彼の部下達は、文字通り勇将猛卒ばかりであったが、彼のために身命を擲《なげう》ったのは、理解を透してよりはむしろ、彼の「強さ」「聡明さ」に対する無限の信頼と、帰依とからであった。しかも尚若干の不可解は残ったであろう。その不可解たるや同時に彼の魅力であって、魅力は大阪の陣に於て奇蹟となって現われた。奇蹟はそれが肉体的現象的な異変の意味に於て思惟の限度を破壊するものである。その大阪の陣にも先だって、彼の九度山出立の物語の如何に豊饒《リッチネス》であったかを察せよ。彼は、鎧美々《びび》しく着飾り、六文銭の旗を指させ、砲車を引いて和歌山の城下に押出したのである。馬に枚《ばい》を含ませ、間道による、目的専一の話は多いが、このように颯爽たる華美に生きた話は珍しい。既に天下を呑むもの、そこにあるものはただ「武」である。しかも謀計方寸の内にありというのだから、この位《くら》い頼もしい大将はない。幸村にしてはじめて「武」を祝い得るものである。

幸村は、徹頭徹尾武に生きた。しかもそれは単なる「武」ではない。私はここに最も大きな力点を置く。世上「武」はいろいろの意味に解説されたが、それは未だ決して有徳ではない。むしろその有徳らしい外貌の蔭に、「兵は兇器」なる真実の検討を避けしめたのである。余儀なくされた人間の一切の行動は、その行動を貫ぬいて始源にまで、即ち新なる誕生にまで立還らなければならない。それはそのとき始めて、有徳なる、進化の第一階段を踏むのである。世上武人に関する美談なるものは、たいてい愚劣なる感情の陶酔である。それは、個性の薫陶または鞭達として役立たないばかりでなく、理性への痲痺剤として働く。その実例位《くら》い山積している実例もまた他に類を見ないであろう。私は、それが人間精神の本質と関聯なく、流行性模倣主義雷同主義への絶え間なき使嗾《しそう》を、指摘して置き度《た》いと思う。

熊谷直実は武人の無情なるに堪えず出家した。しかしながらそれは本質的美談でもなければ、武や宗教の真髄、その相反応する機微に触れたものでもない。そこにある懐疑、行動の必然性が、中断されている。坊主になろうと、なるまいと戦争の存在することの現実に変りはない。そうした戦争を必要としている生活の過程に変りはない。殻から殻に移転することによって、主観的意味に於て、主観的情操の満足を求めることは、第一義的なる如何なる意味での武にも宗教にも該当しない。なぜならすべての愛、また一切のサンチマンと雖も、対象としての人間及び人間社会を前提としているからである。これは、利己心への執着並びに敗北主義への転向を物語るものである。そこから何等かの行動が生れるとするなら、それは模倣された宗教及び模倣された武である。

また武将某氏は、部下の某氏を愛した。逸話はいつでも、一つの功利観、一つの感激へ向って統一される。武将某氏は配下の勇士某が、激戦中膝に矢を射込まれ、それが化膿して動けなくなっているのを見ると、自ら口を当て膿を吸い出してやった。するとその勇士は大いに感激して、この大恩に酬ゆるに死をもってせんと心に誓ったのである。その気色を見てとった武将某氏は大喝し、この位《くら》いのことで感激する位《くら》いではお前は勇者のうちにはいらないと叱った。このような種類の美談はそれが如何に多くの詐術を含《ふ》くんでいることであろう。そして如何に「武」を気高くも売り込むことの役割を果したことであろう。

ところでその勇士は何故に感激したのであろう？　それはその感激の善悪の問題ではなくして、感激した気持の主体を解剖することの問題である。この勇士は、こうした機会に接するのでないならば愛に直面することが難しい。この勇士の生活は非常に単純であって、「感激」の前にあったところの生活が非常に単純であったことを示すと同時に、「感激」の後に続くであろうところの生活がまた非常に単純であるであろうことを予想させる。つまり単純であったということは批評の乏しい、意識内容の狭い生活をしていたことを意味するのである。つまりそこで、「感激」の動機であったところの、彼に対して「愛」として働いたところのものは、非常に強度であったかも知れないけれど、「愛」の本質としては少しも深くないものであり得たのである。それにもかかわらず、これが「武」を透して愛を表現しているかの如き美談たるところに、一切の二義的なるものへの使嗾が含まれている。「愛」はそのようなところで、「武」と妥協するものではなく、「武」もまたそのようなところで有徳化するものではない。そこから何等かの指導精神が生れるならば、それは個性の覚醒を抑圧して、模倣への道、即ち退化への道を開くものである。

そのように似て非なるものは、進化の敵であるにもかかわらず、模倣の翼を拡げて世を覆う。

王道が覇道を模倣し、覇道が王道を模倣するところに、宗教、道徳、真理への歩一歩一歩なる現実的登攀《とうはん》の純粋闘争たるべきものが軟化させられる。それは文化の敗退的要素として、人間精神の真髄を蝕ばむ。そこに培われたものは、「武」と言わず、文学芸術諸般の術に到るまで、生長すべき原因結果を風のふくままにまかせ、名目は何であれ、伝統なき「無常」の、破壊へも建設へも歩行不完全なる、遂には徒労たるべき迷いの、迷いの為の保身術として架空の楼閣、小さき自然の小さき模倣を築くことに終る。

武人真田幸村の物語躍如たる所以のものは、それら一切の模倣の諸原理を粉砕したところの存在であった点に懸《かか》る。彼は正しく、来たるべき時代の抑圧に生き、未来に向って地雷火を埋《い》けたところの武将であった。それはかつて理解されなかったものにせよ、当然理解さるべく、理解さるべき必然それ自体として、空前絶後なる波を揚げた。その波の振幅の遠く果しなきところに、彼のスケールの大があり、英雄中の英雄たる資格がある。

幸村の父昌幸も一個の名将であった。父祖代々独立不羈《ふき》なる型破りの武の家に生れて、幸村の誇りに於て欠くところのものは何ものもなかった。しかも彼こその最後を受けて起《た》てるところのものである。昌幸は幸村を知れる者であり、肉体的な意味ばかりでなく、精神的にも最も近い存在であった。苦難の幾山河を共に跋渉《ばっしょう》し、真田父子の間に貫流している血潮は幾度か不思議な高まりをもって、人間の持ち得る愛情の制限を越えた。それは海の波が別な波を呑みつつ次第に岸に向って迫ってゆくような、一杯に詰まって、しかも透明な、何処ででも倒れて、何処ででも立上ることの出来る、あの大自然の姿に類似していた。幸村は昌幸のなかに過去を透視し、昌幸は幸村のなかに未来を托することが出来た。しかも父昌幸が幸村を頼んで待っていた大阪の陣は、彼に許されないところのものであった。幸村は、彼の使命、彼の脚下に押し寄せて来た無限の戦場を前にして、如何なる感慨に打たれたであろうか。

真田与三郎幸村の生涯は、そこに押し縮められ、爆発しようとしているのであった。それは「遂に来た」のであった。幸村は、彼自身量り得ないところの新しい生涯に面していた。しかも、それ以外に彼の生涯というものはなかったのである。彼の過去は去年の雪のように、遠く遠退いていってしまった。その雪の消え尽してしまった遥の彼方、見えないところにいる幸村が、いまここに立っているのであった。その二人の幸村が一人の幸村となって、直面している世界こそ、未知なる、しかも約束せられたる世界であった。それは、抛棄《ほうき》することの出来ない、そのなかにはいって行くことだけしか残されていない必然への道であった。

然し乍らそれは、ただそれだけであったろうか？　そこに勝敗を絶して彼を待っているところの戦場は、彼が武将として戦って来た如何なる戦場とも異っていた。彼は彼よりも偉大なる彼のなかに突き進みつつ、そこに真実よりも尚真実なる地平線を見た。幸村の眼の前には、寂として音一つない山や河が横《よこた》わっていたであろう。そのなかを、徐々に、音のしない軍勢が、四方から旗指物を押し立てて拡がっていった。やがて、音のしない黒い煙が、その上に落ち、次々と落ちていった。それはまた、霧でもあれば、雨でもあり、ほのぼのと明ける遠い地平線ででもあったであろう。幸村は、そこに想像された戦場の静謐を前にして、腕拱《こま》ねいて立ったのである。

幸村は、彼を動かしているところの、不可抗的な、外にあって働きかけて来るある力を、認めないわけにはゆかないのであった。彼は十四歳の弱齢にして既に天下の「武」を争った。しかも戦っても戦っても終らないところの、永遠の戦いのようなものが次第に膨脹して、日本国全軍の姿を借りて、彼を引包もうとしているのであった。

幸村は、彼の生涯の円周を廻り尽して、そこで一点となって、何処かへ、知らないところへ、無限の彼方へ飛び散ってゆこうとしているのであった。そうした幸村が、何を、如何なる未知を、恐れるであろうか？　幸村は、幸村をそれでも尚秘密にしなければならないであろうか？　否！否！　否！　一人の幸村が、千人の幸村となって「否！」と叫ぶのであった。野も、河も、山も、城も、張抜筒も、恐れを知らぬ、生死なき幸村を待っているのであった。幸村は、幸村をして襟を正さしめるところの、粛然たる雰囲気のなかに、外にいる千人の幸村の叫声を聞いたであろう。

幸村の絶対への帰依を、かの有名な諸葛孔明の軍略と比するとき、そこに大きな距りが発見されるであろう。私から見れば、孔明はまだ一個の山師たるを免ぬかれない。孫子呉子の兵法と雖も、規劃及び範疇を歩行の杖とするもので、その点上層支配者側の虎の巻たるを多く出ない。

　戦争は戦争に逆い戦争を阻む人間精神の昂揚を失うとき、そこに是非曲直なく、大義名聞《ママ》なく、小さく言って義侠心なく、弓矢の誉もまたない。俗に言って、花も実もないところの仮面を引剝がされた恥多き所有慾の全容積が、なだれ落ちてゆく。勝敗の数既に定まっているとき、敗に組《ママ》して「武」を現すものは既に勇士である。しかもそれが単なる感傷に非ずして、暴虎《ぼうこ》憑河《ひょうか》の勇に非ずして、思慮分別到らざるなき幸村である場合、それは殆ど敗を覆して勝に導くかと思わしめる。極まれば通ずる戦いの、聖なる、ただ一つなる、未知なる有徳の、彼岸を示す。人類の生活形態の如何なるものと雖も、単なる精力の浪費でないところに、永遠の未来の約束があるのだ。大阪の陣は、そのような角度に於てのみ、はじめてその真相が把握さるべきものである。

　幸村は、その大きな翼を拡げている大阪城を、夢のなかにも見たであろう。それはまた、彼が描いていた戦場の腑瞰図のなかに、少しずつ少しずつ隆起してゆくところの塔でもあったであろう。その塔の上に、幸村は、かつてもいたであろうし、いまでも、永遠にいたであろう。その幸村を乗せていた塔が、上へ上へと昇っていったのであった。そして幸村は、その塔の上から飛び降りた。飛び降りた幸村の前に、大阪城が待っていたのであった。すべては夢にしてまた現実であった。すべてのすべての、一切の与えられたるところの「武」が彼に帰って来た。そして、まだ生れなかったところのものが、遂に生れようとしているのであった。幸村は、もはや幸村の幸村ではなかった。幸村は、幸村に従って戦うであろうところのすべての武将のなかに生きなければならないのであった。そのようなものが遂に来たのであった。幸村は、地にも伏して弓矢の神に祈ったであろう。そこから生れたものは、もはや軍略の範疇を超えたものである。

大阪方の不統一、離間、裏切、焦燥、狂奔、猪突、幸村への不信、それらの一切をくるめて謀る幸村の科学戦は、既に敵もなく、味方もなく、赤地に描いた六文銭の旗の由来に反《そ》むかないのである。彼は戦場の拡がる限り、人間心理のオーガナイザーでもあったのである。幸村は、不可能によって反撥せず、可能の範囲に於て、手兵をまとめ、早くも戦いの機先を制する。軍議に容れられなければ容れられないことによって、謀計をたてる。それは最後にある最も宜きものを信じて疑わざる信念だ。彼が一度《ひとた》び徳川の旗本に斬入れば、彼の兜の真庇《まびさし》を見返し得るものがないということは、何という壮快であろう。そのような幸村が、敵に畏れられ、期せずして味方の総大将となっていったということは当然である。敵からも、味方からも、彼が戦場の中枢となっていったのは、既に彼の武であり、彼のスケールであり、彼の位である。それは既に奇異なることの出現の一つであるが、それが大阪の陣をして彼の意のままならしめたというのとは意味がちがう。夏の陣、冬の陣、外濠の埋立、心理の動向、大勢の決するところ、むしろ彼の意のままならざることばかりである。その意のままならざることを加算して、絶対に戦いを捨てず戦っている幸村の破天荒なるところに、彼が次第次第に登ってゆく最も高き「武」の王座があるのであった。

徳川家康の敗戦の多くは、幸村を過大視したところにある。如何なる意味に於て過大視したであろうか？　家康に率いられる日本国の全軍は、恐怖の的である幸村を目指して集中していった。それは汎濫した河の水が、より近い道を截って海にそそごうとあせっていたようなものである。然し乍ら、幸村に集中してゆく敵の力は、幸村に集中してゆく味方の力を呼んだ。その時である。その時はじめて、幸村に彼の意のままなる戦場が与えられた。戦場が、ぎっちりと詰まり、一望のうちに納められるとき、その動向を計り、比重の傾くところを察し、ほとんど数学に等しい確実さをもって、全軍に動員の手配りをするのは、真田の家の芸である。況《いわん》やそれが、絶対を信じて、静まり返った幸村の胸中から割り出されるのである。家康は幾度か、単騎彼の背後に迫る幸村に胆を奪われたことであろう。

幸村は、既に、前後から、味方の精兵を、敵の精兵を吸集し尽してゆくところの、一つの点を占拠しているところの存在であった。そしてそれを強調したものは、家康の聡明なる常識の範囲での幸村への過大視であった。しかもそれは幸村の全貌を理解し得ざる、単なる一主将への過大視であった。幸村がそこで「武」の最高峰を、比類なき英雄の全振幅を投げ出していることを、どうして理解し得よう。

家康はそこで不合理に直面し、恐怖に脅された。真田幸村が、いたるところから六文銭の旗を翻して討って出て来るのは当然なことである。すでに日本全土を領し、その大軍を擁している家康にとって、幸村は解すべからざる、魔の如き一つのシンボルとして存在した。

奇蹟は遂に現われた。それは女が聞いても、子供が聞いても、面白い種類のものである。真田幸村の影武者が七人あったか、その倍あったかは知らない。

――俺が真田幸村だぞ！

そう名乗って出さえすれば、雷が落ちた位《くら》いには、敵も味方も四方に飛び散った。それは追いかける無数の矢のようになって、徳川の旗本を目指して斬込んでいった。どれが本当の真田幸村だかは判らない。一つの真田幸村が斃《たお》るれば、別な真田幸村が現れる。六文銭の旗は、萱の根にもひそんでいたであろうが、一塊の土の蔭にもひそんでいた。

これは一体どうしたことであろう。真田幸村への一人一人の忠節であったであろうか？　それはもはや、そんな限度から可能であるところの出来事ではない。遂に真田幸村が個人的個性ではなくなってしまったのである。真田幸村が誰であっても宜いのである。そこに生れたのは、抽象人間、群集人間、共同人間、一つの無限に向って戦ってゆくところの無数の新しい個性であったのである。

――俺が真田幸村だぞ！

もしそう名乗ることが出来さえすれば、誰でもがその瞬間に真田幸村のような英雄になってしまったのである。一切のものが名乗る彼のなかにあった。そのような異変を、頒ち与えて、きわめて自然に、きわめて真実に、外にあるものが彼のなかに生き、内にあるものが彼のそとに生き「武」の王座に向って真田幸村が進んでいった。

かくして遂には真田幸村は、どうなったのであろう？　真田幸村は、何処へ行ったのであろう？　瞳を開いて見るべきのみである。これを「死せる孔明、生ける仲達を走らす」物語に比するとき、真田幸村のそれに於て、無際限の無技巧、無際限のスケールに驚歎するであろう。幸村は生きながらすでに、七人の、またその倍の数の命のなかに生きた。そして、それは殖《ふ》ゆる無数のなかに、人間の永遠の種を播くであろう。かくの如きものが、戦国武将中真田幸村にのみ許された使命であった。

かくして徳川家康は、天下を統一した。天下を取った。然し乍ら、一つの不可解は、無限の不可解である。一塊の土と雖も未だ完全に彼のものではない。彼は、彼の最終目的なるものを、現実にしてしかも夢なる、形骸のなかに於て取った。彼が、本能の姿に於て現れた一切のものを忌《い》んだのもその為である。彼の、民族への、文化への、唯一つなる理解は、個性を圧迫することのそれであった。彼の取ったところのものが、似て非なる夢、それの現実化に於て模倣、単なる傾向であったが故に、彼の治国平天下なるものも模倣文化、単なる傾向の樹立であった。かくして吾等が持った模倣の歴史、そのまた影響の歴史が如何なるものであったかは、本稿の尽すところではないが、誰か幸村が埋設した地雷火を想起しないであろうか？

漢口画信

漢口《かんこう》に上陸する日

私達は、船尾に昇る朝陽を見て、船首に没する陽のなかを、幾日か遡航した。九江で船を乗り換えて三日目、私達の船は漢口沖合に泊す。

私達は、船の上から、武漢《ぶかん》三鎮の夕と朝とを眺めた。武漢三鎮占領直後のこととて、赤い兵火が、死の街の遠くまた近くに揚がっている。殆んど銅色に濁った長江の流れのままに、幾つかの敗残兵の死体が流れてゆく。そして、蝟集《いしゅう》した軍用船の間を縫って、銀灰色に装備された軍艦が、戦勝の港を護っている。

そうした異常な風景のなかで、夜を迎える。ただ、租界と思われるあたりに岸に沿って電灯の灯が見られるばかりである。

夜が明けると、快晴の明治節十一月三日である。蓆を重ねたような重苦しい闇が、少しずつは

がされて、朝陽が黄色い水を染めはじめる。対岸の時計台や尖塔が、廃墟の上にきらきら光りはじめる。それは寝むっている城壁のような街を呼び起す。水も低く、山も低く、棄てられた感じのする前後左右の視野が、俄に動力をかけられたパノラマを展開する。だが、それもまた、何か歴史の頁のなかで追憶され得るような異常な風景である。

ひらめく旗の帯が、マストの上にすらすらと登る。河は、先を争う満艦飾《まんかんしょく》の旗で飾られる。軍用船以外の船を見ることの出来ない長江の、この三都に囲まれた展望は色様々な旗の間に織込まれる。これはまるで夢のなかで見るステンド・グラスか、錦絵の類いである。

給水を求むる難民の群

武漢三鎮は、これから蘇生しなくてはならない。第一番に要るものが水なのだ。人類の歴史はある意味で

水の歴史だ。彼等難民は、家と別れ、家財道具と別れて、も一度生活を営むためには、先ず水を求めなくてはならない。水道は破壊されている。ところどころにある井戸が復活するのである。その周囲に集った老若男女こそ、廃墟の街の先駆者である。
まだ、猫の仔一匹見あたらないような街も相当あるがところどころで旧きを求め新しき第一歩へと帰参する群集があらゆる種類の水桶を持出して雑沓している。かくして土と石と壁の住家が灌漑されるのだ。長江の水ははてしなく流れるが、飲むべき水のないというその矛盾こそ人類の憐れな姿である。
武漢三鎮は、陥落も早《は》やかったが、治安の恢復も早い。そして戦域は遥か前方に展開されている。私は、ここで実に多くの敗残兵の死骸を見た。また破壊された家屋の骨だらけな街も見た。だが、枯れかかった草木が再び芽をふき出してくるように、到るところ人間の姿が動き出して来たのを見た。

馬繋場附近

市内の場末になると、到るところに鹿柴《ろくさい》や鉄条網や土嚢や残骸となったトーチカが沢山見られる街並の破れた表戸の蔭に軍馬が繋がれている。そこいら一帯は俄造りの馬繋場である。

人家が稠密《ちゅうみつ》していて、人のいないというのは、墓場に似ていて、奇妙な感じである。稀に通行する人間の周囲に青黒い影が落ちる。馬を洗っている兵士が二三人遠くの方に、小さく、交通整理の土嚢のなかに剣をつけた兵士が立っている。

　馬繋場に繋がれている馬は、支那馬、驢馬、大きい馬、小さい馬多種多様である。だが殆んどそのすべてが何処かに戦傷を受けている。その衰弱した不自然な姿は、第一線で闘ってきた兵士達と同じである。人間も馬も艱難《かんなん》を克服して、長途の行軍に生き延びたのである。

支那の街の喧騒から、喧騒を引き去ってしまい、豊饒な沃土から豊饒を引き去ってしまった後に何が残るであろうか。昨日まで用いられた食卓が、ひっくり返ってしまい、昨日まで子供の足を包んだ赤い靴が、泥のなかに踏みつけられ、鳥籠と帽子とが一緒に投げ出されているところで、軍馬が、その傷口にむらがる蠅の群を、その尻尾でぱさりぱさりと追っている。それは正しく抗日の引潮時に残された渚の風景である。

移動する難民の駄賃

支那の家財道具は、見慣れぬ眼から見るとすべて長てのものばかりである。そして大概のものには柄や蔓が付いている。それが持運びに便利なためであるかどうか判らない。だがあの弁髪《べんぱつ》を知り、煙管を見たことのある者は、私の感じかたがかならずしも主観的でないことに同意するであろう。難民の群は、列をなし、また三々五々家から家へと引移ってゆく。彼等は新しい治安維持の方針に従わなくてはならない。彼等は柄の付いた長い箱を取落す。そのなかで二三枚の皿小鉢が破れる。そうした器物の底には、得体の知れない食物が少しばかりはいっている。見たところ大体に於いて、彼等は下層階級の者である。纏足《てんそく》した女達は、一町の道も千里を行くが如くに歩いてゆく。そうした難民風景のなかで、気の早い奴は荷物を傍に置いて道路の端に坐り込む。

そして、少しばかりの持物から商売をはじめる。マッチ箱三つあっても商売になるのである。歩くよりは楽だし、坐っても立っても、どのみち塵埃にまみれるのである。そうした道端に、いつとはなしに、野菜の籠が置かれ、煙草が並べられ、死の街に少しばかりの生彩を与える。かつて、そこから生活の最後の線をさ迷う群集が生れ、また幾人かが起って富貴の門を開いた。新しき東洋の平和は、その暁光を、これらの下層庶民階級にもそそぐ時が来た。

ヒットラー

ヒットラー万歳！　再び神々の国が地上に訪れる！
ヒットラー万歳！　不信と嘘偽と、傍観者との世界が顚覆する！
ヒットラー万歳！　正義と名誉とを盗んだ簒奪《さんだつ》者の文明が木端微塵《こっぱみじん》になる！

役者　スイッチを切れ！　スイッチを切れ！　ここでもヒットラーか！　何処迄《どこまで》行ってもヒットラーの奴が追っかけてくる！　なんていう熱病だ！　世界は気が狂っている！（小さい震える声で）俺はもうへとへとだ。第五部隊でもなんでも宜い、俺をはやく捕まえて呉《く》れ！

国境の街　二人の亡命客

悪霊　わたしは、死から蘇る。わたしはもはや迷信ではない。テレビジョンがわたしを呼んでいる。

わたしは、
白い蝶々の灯をつらね、
死人の家を探しにゆく。
——靴下と踵《かかと》とチーズの匂いのする空家を探しにゆく。
わたしは、死を抱く夜の森に、桎梏《しっこく》の鉄の家を建てる。
全智全能の桎梏の壁に銃座を据えて、世界の闇に君臨する。

亡命客の一　あなたは誰です？　わたしは善良な落人です。何処に行っても、何処の国に行っても、善良な市民です。
悪霊　わたしは悪霊だ。わたしは死人の家を探してやってきた。
亡命客の一　いいえ、いいえ、ここには死人は一人も居りません。みんな自動車や馬車に乗って逃げてしまったのです。御覧の通り、死人の家に似てはおりますが、決して死人の家ではありません。
悪霊　わたしが来る途中で、大根の花の咲いている畑のなかで、たくさんの人間の足跡が残っていた。きっと野鼠のように、死人をそこらじゅうに埋めているに相違ない。
亡命客の一　ああ、野鼠のように幸福であったらばねえ。なんにも考えないことが出来たらばねえ。だが、わたしは、死人には関係がないのです。わたしは、まったく無害なのです。

悪霊　だが、有益ではあるまい。わたしの前で匿《かく》しても駄目だ。何も、ビクビクすることはない。わたしは、どの国家にも属しちゃいない。

亡命客の一　それで安心した。あなたはヒットラーには関係がないんですね。

悪霊　死人にだけ関係がある。人間が死人を粗末にし出したので、死人を守るためにやってきたのだ。

亡命客の一　まったく奇特なことで、ついでに、私達も守って戴けたらばねえ。

悪霊　間もなく守ってやる！

亡命者の二（亡命客の一に）あなたの顔は真青だ。もう、ここまで来れば大丈夫ですよ。国境の監視兵だって逃亡をはじめました。

亡命客の一　何処に逃亡するのです？　何処に逃亡したって死人の家ばかりです。いたるところ悪霊がついてまわります。

亡命客の二　悪霊ですって？　迷信家になっちゃいけません！　われわれ科学を信ずるものに、悪霊などがあっては堪りません。それとも、あなたの仰言《おつしや》るのはパラシュートのことですか？

亡命客の一　いや、いや、あなたには、この時代が、どんな時代だかお判りになっていないのだ。この時代は野蛮人の時代です。一体、わたしが、どんな悪いことをしたと言うのです。それなのに、わたしは罪人のように逃げ廻らなければならない。

亡命客の二　だが、わたくし達には、良心の呵責はありません。わたくし達は、暴力を信ずるほど単純でもなければ、排他的でもなかったのです。こんな不合理なことが永続する筈はありません。まったく反動です！　まったく無智です！

亡命客の一　ええ、それはまったく無智です！　せめて、良心の呵責でもあれば、考えようもあるのですが、これではまるで夢を見ているのも同じことです。

亡命客の二　彼等が夢を見ているのです。彼等の考えている国家というものは鉄の檻です。羽の生えた鉄の檻です。彼等は人間ではなくして、奴隷なのです。

亡命客の一　わたしは、死人の家が恐ろしい。わたしには匿れるところがない。

役者　ああ、神様のお助けです。あなたは神様のように神々しいお方です。いいえ、あなたが神様です。

ホテルの主人　部屋はいくつでもあります。ただお世話が出来ないだけのことです。

役者　ああ、尊い商売です。あなたがいくらお匿しになっても判ります。あなたには人の心がお判りになるのです。あなたには人の悲しみがお判りになるのです。

ホテルの主人　よして下さい。お起《た》ちになって下さい。わたしは神様じゃありません。ただ、平和でさえあれば、お客様をおもてなしするのが商売です。

役者　平和でさえあれば！　ああ平和でさえあれば！　わたしだって、あなたに負けない位《くら》い、人情には忠実だったのです。ところが、いまでは、人情というものがまったく失《な》くなってしまいました。どうか、わたしを憐れんで下さい！

ホテルの主人　まったく、どうも、これは、人を憐むのはわたしの柄じゃありません。だが、お泊りになるのなら、どんどん勝手にお通り下さい。エレベーターが止っていますから、どうか、その階段を昇っていって下さい。なんにもおかまいしない代りに、お金はいただきません。

役者　ああ、神様のお助けです。お金ならわたしだって持っています。だがお金が何の役に立ちましょう。（階段に腹這いながら）一つ、二つ、三つ、わたしは動物のように純真なのです。わたしは四つの足で駆け上ります。

悪霊　お前には登れない！

役者　あなたは誰です？

悪霊　悪霊だ！　ここは、死人の家だ！

役者　わたしは役者です。わたしは神様の許可を得てはいってきたのです。どうか私を登らせて下さい。

悪霊　死人の家に、神様の許可もあるものか！　お前は夢を見ているのだ。その証拠には、四つ足で這っている。お前には登れない！

役者　みんな夢ですか？　あたしも、あなたも、戦争も、みんな夢ですか？

悪霊　起ってみろ！
役者　わたしは、あなたが恐ろしい。
悪霊　起ってみろ！　夢か、夢でないかが判る！
役者　わたしは、あなたが恐ろしい。
悪霊　わたしは、みんなが真実を恐れ出したので、死の国からやってきたのだ。わたしの秘密は、人類の秘密をあばくことにあるのだ。わたしは、お前達が、お前達の血と肉とを、闇のなかで解剖するための家を探してやってきたのだ。
役者　わたしは、起つことが出来ません。
悪霊　わたしは、夢でなくなる。わたしは、わたしの仕事にとりかかる。
役者　母さん！　助けて！
悪霊　お前は動くことが出来ない！
役者（間）助けて！　母さん！　起った！　わたしが起った！　わたしが起ったんです！　母さん！　みんな夢だったんです！
群集　ヒットラーが来る、ヒットラーが来る！　待たなければならない、期待しなければならない！
指揮官（高い見張台の箱に乗っている）破壊！

群集　ヒットラーが来る、ヒットラーが来る！　生産しなければならない、生み出さなければならない！
指揮官　決定！
群集　ヒットラーが来る、ヒットラーが来る！　組織しなければならない、組み立てなければならない！
指揮官　破壊！
群集　ヒットラーが来る、ヒットラーが来る！　闘争しなければならない、闘わなければならない！

作業を開始した工場の騒音。幾つものマネキン人形を満載したトロッコがはいってくる。

群集　夢想家八番！
群集　著作家一二番！
群集　デモクラット二五番！
群集　パシフィスト七番！
群集　マルキシスト一六番！
群集　インター・ナショナリスト一一一番！

群集　リベラリスト、リベラリスト一五六九番！
群集　一人でよい！　一人を造らなければならない！
群集　生きている人間を造らなければならない、死人の家の工事を急がなければならない！

群集、マネキン人形をトロッコから降ろし、撰り分け、運搬しはじめる。ホイストからクラッチが下ってくる。

無名戦士（トロッコの一つから起ち上る）これは何だ！　俺は何処に来たのだ！　俺はなんだってマネキンと一緒なんだ！
群集　お前は誰だ？
無名戦士　俺は、祖国を救うために戦った無名の戦士だ。それだのに、ここは、一体何処だと言うのだ？
群集　ここは、死人の家を建てる工場だ！
無名戦士　それなら、このマネキンどもは何だ？
群集　お前の戦友達だ！　戦わないで捕虜になったお前の戦友達だ！　それから、彼等の、愛することも、愛されることも知らない、スイート・ハート達だ！
無名戦士　俺には判らない。死んでいたものが生きあがり、生きていたものが死んでしまう！

俺は、大根の畑のなかで、口を開けて倒れていた。一滴の水！　ああ、俺は一滴の水のために闘う！

群集　闘争しなければならない、闘わなければならない！

無名戦士（トロッコのなかに倒れながら）俺は辱められたのだ。勲章の代りに、マネキンのトロッコのなかに入れられて辱められたのだ。俺は、俺の眼球を刳《えぐ》り出して、死の敷居を跨ごう。

群集（無名戦士を援《たす》け降《おろ》す）一滴の水！　水だ！　水だ！　闘わなければならない！　待たなければならない！

亡命客の二　ホテルの主人を呼んで下さい。

亡命客の一　ホテルの主人は逃げました。彼もまた、逃亡したのです。

亡命客の二　ああ、国境の向うの様子が聞きたかったのに。国境の向うでは、きっと暴動が起きているに相違ありません。

亡命客の一　それは、また、どうしてですか？

亡命客の二　わたしは、独乙《ドイツ》から三つもの国境を越えて逃げて来ました。平和と、自由と、理性とを尊重する大衆が、ヨーロッパから消えてなくなったとは考えることが出来ないのです！　それは退歩です！

亡命客の一　わたしは、政治上の意見を持つことには賛成出来ません。

亡命客の二　いえ、いえ、わたしの言っているのは科学上の意見です！

役者（窓枠に倚《よ》り外を眺めながら独白）猿が猿に言いました。

聾《つんぼ》と唖《おし》の間を行くときは、
お前も聾と唖の真似をしておいで！

猿が猿に言いました。

――でも、でも、聾を唖と間違えて、唖を聾と間違えたらどうするの？

だから人真似をおしよ！

亡命客の二　あいつは、わたし達を愚弄しているのです。

亡命客の一　ほっておお置きなさい。あれは役者です！

亡命客の二　だが、わたし達は、お芝居をしているのではありません。これは深刻な現実です！

役者（窓枠から飛び降りる）喧嘩はやめた！　わたしも、あなた達も、戦争も、みんな夢なのです！

亡命客の一　平和と、自由と、理性とのために、あきらめるのです！

亡命客の二　これは、まるで、死人の家だ！

ヒットラー（地図の上を大股で歩いている）歴史は繰返すか？

地図の下の声　いえ、いえ、歴史は、一歩一歩階段を登ってゆくのです。

ヒットラー　ああ、そうだろう。わたしの設計に間違いはない。わたしには何もかも明白なのだ！　わたしは、人類の運命を双肩に担って立っている！

地図の下の声　閣下の偉業に比べれば、この地球も小さ過ぎる位《くら》いです！

ヒットラー　まったく、わたしは、わたしの偉大さに驚歎している。（速度を早めて歩く）ヒットラー！　ヒットラー！　いや、わたしには思い出せない！　わたしは、躊躇《ちゅうちょ》する必要がないのだ！　だが、わたしは、何処かに、敵意を感ずる！

地図の下の声　いまではありません！

ヒットラー　そうだ、いまではない。わたしの敵は弱過ぎる！　わたしの敵は無智だ！　わたしは絶対に安全な道を歩いている。安全な道が正しい道なのだ！　なにもかも、明白で単純ではないか！　真理は、いつでも単純だ！　真理は、誰でも遵奉出来るものなのだ！　わたしが、それを実証してみせたのだ！　わたしは、勝利のどんな興奮にも、心を乱されはしない！

地図の下の声　閣下は、鉄のような意志を持っていられます。閣下の使命が、余りに大きいので、世界は茫然として、拍手を送ることさえ忘れてしまっているのです。だが、すぐに稲妻と雷鳴とが一緒にやってくるように、世界は感激の坩堝《るつぼ》と変ってしまいます。まだ、まだ、閣下にとって、歓喜の絶頂はこれからです。

ヒットラー　そうだ！　わたしは、わたしが酬いられるよりも、世界がわたしに酬いられるまで、歴史の階段を真直ぐに登ってゆくのだ。わたしは、自分でも自分が信ぜられないほど巨大な人間になる！　わたしに対する敵意は、わたしに近づくことが出来ない！
地図の下の声　閣下は、失望と不運とに打勝たれたのです。もはや、閣下には、未来があるばかりです。とても大きな未来です。
ヒットラー　そうだ！　その未来のなかで、未来の勝利が、わたしを待っている！
地図の下の声　わたしは、閣下が、わたしの地図を塗り代えられるのを待っています。
ヒットラー　そうだ！　世界が、わたしにそれを望むに相違ない！
地図の下の声　閣下の勝利！
ヒットラー　勝利！　勝利！　勝利！　だが、それは余りに単純だ！
地図の下の声　だが、閣下は閣下の勝利を拒まれることは出来ません！
ヒットラー　わたしは、世界が、喜びと、美と、愛情と、幸福とで満たされるのを願っているのだ！　わたしの勝利ではない！　人類の勝利だ！
地図の下の声　閣下！　御要心なさいませ！　歴史は決して繰返しはしません！
ヒットラー　(急に立停る) わたしは、敵意を感ずる！　わたしは勝つ！
地図の下の声　そうです。あなたは勝たなければなりません！　あなたは破壊しなければなりません！
悪霊　お前の瞳に映るものは幻影だけだ！

無名戦士　わたしは、復讐しなければならない！
悪霊　お前には、復讐することは出来ない！
無名戦士　なぜ出来ないのだ！
悪霊　ヒットラーが、お前に代って復讐してしまったのだ！　お前の過去も、お前の不幸も、お前の絶望も、お前の子供時代の無罪も、みんな復讐してしまったのだ！　お前には復讐するものが残っていないのだ！
無名戦士　異《ちが》う！　俺はヒットラーに復讐しなければならないのだ！
悪霊　なんという不幸だろう！　お前は、お前の同志を探してくるがよい！
無名戦士　教えてくれ！　俺の同志を何処へ匿してしまったか教えてくれ！　俺は、どんな行軍よりも激しい行軍を続けて、俺の同志を探して歩いたのだ。俺の足を見てくれ！　それは俺の足ではない、血と泥だ！　だが、誰もいない！　人がいない！　どうして人がいなくなってしまったのだ！
悪霊　世界は充分に罰せられたのだ！　お前はヒットラーに近づくことは出来ない！　お前は運命に逆うことは出来ない！　絶対の力に刃向うことは出来ない！
無名戦士　俺は、俺の祖国を愛している！　俺は俺の祖国を愛さなければならないのだ！　俺は生きられない！
悪霊　だから、わたしが、お前に会いに来たのだ。お前はヒットラーを諦めなければならない。

無名戦士　いやだ！　わたしは、たったひとりになっても復讐しなければならない！　もしも、お前が悪霊なら、わたしに、呪詛と悪魔との力を貸して呉れ！
悪霊　お前は、きっと失敗する。わたしの力は、太陽の支配するところには及ばない！
無名戦士　わたしは闇のなかを、地の底を這ってゆこう！　わたしは、わたしの剣に、征服者の驕慢《きょうまん》な血潮を塗らなくては生きられない！
悪霊（後を追い）止めなさい！　お前は変化に打勝つことは出来ない！　お前は未来を追い越すことは出来ない！

亡命客の一　もう誰も来ない、人が来なくなった。
役者　わたしは、壁に耳を当てて聞いているのですが、もう、何処からも音が伝わって来ないのです。
亡命客の二　何か始まっているに相違ない。何処かで革命が起きているのだ！
亡命客の一　わたしは、街から、街のはずれまでいたるところ探して歩いたが、何処にも人がいないのです。
役者　わたしは、停車場のあるところまで行ってきたのです。列車も荷車も、駅長も駅夫も、動くものは何一つ見あたりません。赤い信号が降りたままで、風の音すら聞えてきません。
亡命客の二　何か始まっているに相違ない！　誰かがわたし達を救い出しに来るに相違ない！

わたし達は逃げ遅れたのだ！
亡命客の一　もう蠟燭《ろうそく》が幾本もありません！　わたし達は闇の中で待たなければならない！
役者　多分、印度《インド》か、アフリカから十字軍がやってくることになるでしょう！
亡命客の二　わたしは、奇蹟をだって信ずる！
亡命客の一　これは静かだ！　これは、確《たし》かに静か過ぎる！
亡命客の二　わたし達は、ここにいて危険ではないでしょうか？
役者　国境を越えるたびに危険の度が増してくる！
亡命客の二　黙んなさい！　これは真面目な現実だ！
亡命客の一　わたしは、本当のことを言えば、亡命する必要がなかったのです。
亡命客の二　わたしだって、亡命する必要はなかったのです。それには、色々こみいった事情があったのです。
亡命客の一　わたしもそうです。わたしは裏切られたんです。
亡命客の二　わたしは、それとは反対に、裏切られたかったのです。
役者　はあ、これは面白い！　わたしは、わたしが裏切らなかったんだ！
亡命客の二　一体、君は、何のことを言っているのだ！
役者　無論女のことだろう！　でなかったら、いまごろ何だって、こんな死人の家にいるものか！

亡命客の一　わたし達の話は混線しています！
役者　そうです！　人がいないからです！　相手がいないからです！　聞く人がいないからで
す！　言葉の意味がなくなってしまいました！
亡命客の二　それで、わたし達はどうすれば宜いというのだ！
亡命客の一　わたし達は、何かはじめなければなりません！
役者　誰も人がいないのに、何をはじめるのです！
亡命客の二　わたし達は、進むことも、退くことも出来ない！
亡命客の一　わたしは、財産をみんな没収されてしまったのです！
役者（起ち上って歩く）誰も、誰も、この夢の意味を説明して呉《く》れるものがいないのだ！
亡命客の二　わたしには、信じられない！
亡命客の一　わたしには、生きられない！

ヒットラー　彼等は満足しているか？　彼等は、わたしの勝利に満足しているか？
ナチス党員　閣下が余り速く歩かれるので、大衆は跟《つ》いてゆくことが出来ません。
ヒットラー　わたしは、空間と時間とを支配しなければならないのだ！　わたしの進む道はもっ
と広くなる！　もっと、もっと、広くなる！　わたしは、世界の大衆が、わたしのために、道
の両側を埋めるための準備をして置かなければならないのだ！

ナチス党員　閣下の計画には、いつも間違いがありません。大衆は閣下を信じております。閣下を救世主だと仰いでおります！
ヒットラー　だが、彼等は満足しているか？
ナチス党員　大衆はただ、閣下が、彼等の満足の意を受取ってくださるだけの暇を持っていられないのを残念がっているばかりです。
ヒットラー　そうだ、わたしは、彼等のためにたえず宣言しなければならない！
ナチス党員　閣下の言葉は、閣下の戦術と同じ位《くら》いに偉大です！　ですが、閣下は、独乙《ドイツ》の土地を離れられたときは、要心されなければいけません。わたしは、閣下に追いつくので夢中で、
護衛兵が後の方に遅れているのさえ気がつきませんでした。
ヒットラー　真直ぐな道に危険はない。わたしは、何処に敵が匿れているか、何が突発するか、いつでも知っているのだ！
護衛兵（前後して数人）閣下！　閣下は無事ですか！
ナチス党員　どうしたのだ！　何かあったのか？
護衛兵　ああ、無事で安心した！　閣下が、休まれたこの前のホテルの露台に曲者が闖入したのです！
ナチス党員　そして、どうした？
護衛兵　あまりに抵抗が激しいので、その場で射殺しました！

ナチス党員　そうか、それは、惜しいことをした。その附近をもっと捜査しろ！　その背後関係をつきとめて、一網打尽にするのだ！

ヒットラー　いや、いや、それで宜い！　それで宜い！　背後に何があるものか。彼等はみな遅過ぎる。わたしの敵は、もはや、わたしに近づくことが出来ない。わたしの戦術は、実力の戦術だ！

ナチス党員　閣下は天才です！　閣下の瞳は、千里のそとをも見抜くものです！　閣下に対する信仰こそ、独乙《ドイツ》民族の誇りです！

ヒットラー去り、ハーゲン・クロイッツェルの旗を先頭に、独乙《ドイツ》軍楽隊行進。

役者　やっと人がいた、やっと人に会ったのだ！

亡命客の一
亡命客の二　（殆ど同時に）何処にいたのだ！　早く教えて呉れ！

役者　世の中には、わからないものが、あるということがわからなければならない！

亡命客の二　何を言っているのだ！　何処に人がいるのだ！

役者　あれは、何かでなくてはならない！

亡命客の二　何が、何かでなくてはならないのだ！

役者　工場があった！　労働者が大勢いた！
亡命客の一　平和が来たのです！　産業が復活したのです！
亡命客の二　ああ、何かが始まる、何かが始まるに相違ない！
役者　ところが、わたしは、あんな工場をいままでに見たことがない！
亡命客の二　ことによったら、革命がはじまるのかも知れない！
亡命客の一　何か、秘密の軍需品をつくるのかも知れません！
役者　ちっとも工場らしくないのです！
亡命客の二　それでは工場じゃないじゃないか！
役者　ところが、死人の家を建設するところだと言うのです！
亡命客の二　誰が、そう言ったのだ！
役者　人です。わたしは人に会ったのです！
亡命客の一　それよりも、みんなで見に行って確《たし》かめましょう！　わたし達は、ここを逃げ出さなければならないのです。
亡命客の二　そうだ。どうして宜いかが判らなければならない！
役者　先ず、働かなければならないのだ。
亡命客の二　何を働くのだ！
役者　人です。人がそう言ったのです。

亡命客の一　人が、人に、人の墓穴を掘らせるようなことが信ぜられるでしょうか？
役者　だから、わたしは、わからないものが、あるということがわからなければならないと言っているのだ！
亡命客の二（蠟燭の灯が消える）ああ、わたしのところにも、悪霊がやってくる！
役者　生きているものは死ななければならない！　死んでいるものは蘇らなければならない！
亡命客の一　死人の家！　桎梏の家！
役者　暗い！
亡命客の二　暗い！
亡命客の一　暗い！
役者　ヒットラーが来る、ヒットラーが来る！　生産しなければならない、生み出さなければならない！
闇。徐々に明るくなる。国境の街。難民の群。休みまた動き出す。手に手に、襤褸《ぼろ》や些末な荷物を抱えている。小娘の手を引いた母親、先頭になって歩いてくる。
難民の群　まだだ、まだだ！　もっと先の方まで行かなくてはならない！
難民の群　勇気を出さなくてはならない！　国境を越えなければならない！

難民の群　死の街。ここでも人がいなくなってしまったのだ！
難民の群　死が胸を叩いている。わたしは、もう歩くことが出来ない。
女の声　あたしの足のなかになにがあるの？
女の声　あたしの足のなかで何があたしを跛《びっこ》にしているの？
女の声　誰があたしの恋人をピストルで撃ったの？
母親（長い沈黙の後を受けて）もう、歩けないの？
娘　窓の下に、白い花束が置いてある。
母親　ああ、死の花束だよ。
娘　あたし帽子を捨てても宜い？
母親　どうして？
娘　だって重たいんだもの。（帽子を捨てる）
難民の群　急ごうよ、急がなければならない！
難民の群　何処かで休まなければならない。
難民の群　もっと先の方だ！
難民の群　もっと、もっと先の方だ！
難民の群　未来だ！
母親（長い沈黙の後を受けて）ああ、あなたの血しぶきが、あたしの胸に鑢《やすり》をかける。

娘　母さん！　もっと、もっと歩かなければならないの？
母親　ああ、世界が、わたし達を待っているところまでね。
難民の群　急がなければならない！
難民の群　わたし達は遅れているのだ！
難民の群　わたし達は追跡されているのだ！

難民の群徐々に去り、後にハーゲン・クロイッツェルの旗のみが高く翻っている。

凱旋

　まるで、夢のなかで見るステンド・グラスか、錦絵のようなものである。ひらめく旗の綱が、マストというマストの上で、空間を埋めるために競争している。河は、先を争う満艦飾《まんかんしょく》の旗で一杯だ。軍艦や、軍用船以外の船を見ることの出来ない長江の、この三都（漢口《かんこう》、武昌《ぶしょう》、漢陽《かんよう》）に囲まれた一帯の水が、色様々な図式の蔭に織り込まれる。漢口入城式の当日――僕の記憶を絶えずあらたにするものは、混濁した河の上で、最後の夜が明けてからである。

　だが、いつの間に、彼は、僕達の仲間になってしまったのだろう？　彼というのは、従軍記者である。「議会新聞」の編輯兼発行人だと自ら称して出てきたのであるが、そんな名の新聞もあるのだろう。名前は、仮りに、身体が小さく糝粉《しんこ》細工のような感じを与えるので、S小吉として置こう。忌々しい奴だ。僕達を、この上なくみすぼらしく、ひけ身に感じさせるため、わざわざここまで出張ってきたのだろう。何の為に？　明朗率直という言葉があるが、この男は、自分自身に対して明朗率直にも、その外貌を匿《かく》す如何なる翳をも蔵していない。まるで地上すれすれに遊《ママ》曳する風船玉そのように、どっちにでも向きを変える。だから、僕達は、自ら警戒する余裕さえもなく、彼の同伴者たる恰好の代物とされてしまったのだ。しばし茫然として……然り、吾々はお互に顔を見合わせて苦笑さえも出来ず、すでに出来てしまったこととして諦めたのだ。

僕は、このS小吉を、遠くの方に瞥見する程度で、ひとり離れて、漢口到着まぎわの耳目の慌《あわただ》しさに、すべてを奪われてしまっていたのだ。長江及びそれに附随する沼沢を合わせるなら、その中に殆ど日本全土がはいってしまうような、広い亜細亜《アジア》大陸の真中を幾つもの軍用船が、陥落間際の漢口に急いでいたとき、僕達は、一つの船から別な船に乗り代えさせられたり、途中で降ろされたりした。おそらくそういう訳で、彼と僕との距離が接近してしまったのだろう。僕達は、船尾に昇る朝陽を見て、船首に没する陽のなかを、幾日か遡航した。船艙の棚にも別れをつげて、視野の三方に開けた、漢口沖合の眺めを自由にしたとき、関心はもはや個々の隣人にはなかったのである。

何か、電気仕掛けのパノラマ式円形図が拡げられたような工合だったのである。重苦しい蓆を重ねたような夜が、デッキの上から払われてしまうと、黄色い水が輝きはじめた。白い雲が、テープを切ったように、遠い水脈の彼方に落ちていった。対岸の時計台や、尖塔が、壊れた鉱石の断面のように光っている。水も低く、山も低く、棄てられたような感じのする、前後左右の風景が「ここに世界の縮図あり」といったように、その居住を正したのである。ただ、その舞台を見守らざるを得ない。

——さあ、行きましょうや！

突然、その世界に向って、進軍の誘いを発したのが、いままでその存在さえも気に留められなかった、S小吉だったのである。僕は、この男と共に、「行きますのかな」と、自問して、現実に引戻された訳である。僕には、すでに僕と同行者らしい状態に置かれていた二人の新聞記者があったのであるが、まだこの男と、同行を許し合ったり、そうしなければならない関係に置かれた覚えはない。僕は、も一ぺんはっきりとこの人物の正体に眼を濺《そそ》ぎ、心のなかで失策《しくじ》ったと思ったのである。まさか、行かないわけにには、ゆきますまい！

僕は、S小吉が、僕と既に同行者関係になっていた二人の新聞記者と、彼もまた同行関係を結んでいたと思ったのだ。だが、後になって考えれば、そこのところは至極曖昧だったのである。二人の新聞記者は、いくらか僕に対する遠慮があって、このS小吉に寛容な態度を採ったらしく思われるのである。彼は、丁度、その真中のところを狙って割り込んできたのである。それは、彼のように、頭も尻尾もない、風船玉式明朗さの持主でなければ出来ない芸当である。

僕は、いささか彼を侮り過ぎていたのだ。僕は、長江の何処かで、一度彼を見かけたことがある。彼は、防空服に戦闘帽という出立《いでたち》で、腰に水筒をさげ、蝙蝠傘《こうもりがさ》を杖にして持っていた。まるで畸形的な位《くら》いに小さく、運動神経は零《ゼロ》といったような肢体である。たしか、艀《はしけ》から軍用船に乗り移るところを見かけたのだ。彼の極端に短い脚が、綱に引っかかって、どうしても舷側《げんそく》が跨げないのである。まるで亀の子のように手足をバタつかせているのを、兵隊が上と下から押しあげてやるのを見た。あれで、従軍とは、どうしても考えられないのである。だが、誰一人として笑うものはない。僕は、若くこそないが、多少の危険位《くら》い、充分自分でコナしてゆける自信がある。──そんなわけで、僕は彼を軽蔑もし、彼と縁やゆかりがあってはならないと思ったのである。彼と同等に取扱われては大変な恥辱だと思ったのである。

ところが、いよいよ同行する段になってみると、僕達の方が、どうも分が悪いのである。小僧らしく見えるのである。と言って、彼の外貌が変化したわけではない。近づけば近づくほど、彼の顔付も肉体も玩具のような仕掛で出来あがっている。僕は、中学校の数学の先生に、彼ととてもよく似た人物を覚えている。だが、この先生には、どこか人情的に脆い世馴れないところがあって、忽《たちま》ちの間に、生徒の弄《いじ》りものとなってしまって、一騒動持上った。その先生も小さかったので、悪童どもがマメランプと綽名をつけた。その先生は、生徒に徹底的に愚弄されてしまったのである。ところで、われわれのS小吉は、見たところはマメランプ以上に貧弱なのである。しかも、彼は、愚弄されるところを、紙一重で踏みとどまっている。そして、踏みとどまるや、一転して、何とも形容の出来ない不気味な沈着さをもって、自己の尊厳を維持し続ける腕前を発揮する。まったくこの男は、二重の意味で、驚歎に値いする。多分、それは、彼の生存権が、議会とかいう政治家達の巣のなかで、格闘した後《ママ》を示しているのであろう。

僕が最初のうち彼に感じたものは憐憫であった。ところが、どうやら、憐憫されているのは、こっちらしいのである。僕達が、早速しなければならないことは、兵站《へいたん》本部に行って、宿舎の割当てを頼むことであった。そんな場合にも、彼は涼しい顔をして先頭に立ってゆく。僕達には、何か遠慮があって、前線で戦ったことのある兵隊達に接触することが多くなるに従って、寝場所を探すというようなことさえが、悠長で、済まないような気がしてならないのであった。それでは眼と頬骨ばかりの勇士に顔を合わせることが出来ない。ぼろぼろの服に、戦友の遺骨を首にかけているような、部隊に行会うことも多くなった。だが、S小吉の不敵な生活慾の中には、そのような傷心はないらしい。彼は、生きんがために、彼の実力を証明せんがために、別な線にそって従軍してきたのである。もしも、前に通路さえあるなら、どんな権利の要求をも、彼にとって過大ではない。彼は、係りの将校へ、どうも僕達三人を手土産のような積りで、その交渉に当っているらしい。なぜなら、吾々のうちの一人は、足部に貫通銃創を受けて、後方の野戦病院から再び戻ってきた勇敢な青年であったからだ。彼は、愚弄されるどころか、その子供のような顔を、不似合な優越感をもって膨らませたのである。ここでも笑う訳にはゆかない。彼が、僕達を見返る瞳には憐憫さえ浮かんでいる。大人の印につけたような彼の髷《まげ》をみても、嘲笑することが出来ないのだ。それが、僕達の上に反映してくるものは、僕達自らの矮少さであり、みすぼらしさであった。忌々しい奴だ。彼は、小さいなりに肥え太っている。薔薇のような皮膚をしている。あのなかに、決して甘いところを逃さない虫のような魂が巣喰っているのだ。そのようにして、彼は、彼の有能を押しつけることによって、完全に吾々の仲間の一人となってしまった。彼は、僕達の間に、同等の地位を築いてしまった。彼は、もっとよい相手を探し出すまで決して離れることはないであろう。

僕は、支那の飯店と称するものが、明確にどの範囲の商売をするものか知らないが、宿舎にあてられた中山路《ちゆうざんろ》の揚子江飯店は、ホテルのような建物であった。然しそれは、支那式と洋式との合の子のようなもので、家具だけ残した空家であった。僕達の部屋は、二階になっていて、次の間付といったような感じで、桃色の帳《とばり》に仕切られた寝室から成っていた。僕達のうちの一人は、ここまで来ないうちに、同じ社の特派員に巡り合ったので、その宿舎で自炊するために去っていった。そこで、残ったのは、足に貫通銃創を受けた青年記者と、S小吉と、僕、都合三人で、それだけが、ここに肩のリュック・サックを降ろしたのである。建物も家具も相当古く、且つ傷《いた》みかけてはいたが、戦地では兎《と》に角《かく》立派すぎるほどの屋根の下である。青年記者は、東北の田舎の新聞社から派遣されてきたもので、身体も頑丈に出来ていたが、戦争をスポーツほどに心得ている朗《ほがらか》さがあった。彼は、部屋のなかに、一つのダブルベッドと一つの幅広いソファしかないのを発見すると、籤引《くじびき》によって、順ぐりに寝場所をきめようということを提議した。ダブルベッドに二人、ソファに一人、としてみれば、それ以外に方法はないのである。だが、僕はどの位《くら》い、最初のS小吉との組合せを恐れたことであろう！

それから僕達の漢口の日課がはじまったのである。夕方になると、S小吉は、意気揚々として宿舎に帰ってきた。それは、あたかも彼にとって日々の凱旋のごとく、何かしら手柄話のないことはないのであった。

——今日は、何か収穫がありましたかね？

と、青年記者が、いくらかからかい気味に、しかし暖《あたたか》い感情で尋ねる。どうして、彼は、語り度《た》いことで一杯なのである。それは、瞳を輝《かがや》かして、家路を急いできた子供と同じことである。彼のポケットは何かの贓物《ぞうぶつ》によって膨れている。彼は、それを引張り出しながら、物語るのである。そのなかには、まだ鋏の入れてない京漢線の一等切符もあれば、支那兵の戦闘帽もあれば、得体の知れない紙幣だの徽章《きしょう》だの、抗日ポスターなど、種々雑多なものがはいっている。彼は罅《ひび》のはいった茶碗を取り出しながら言う。

——これがあれば、茶漬が食えるからねえ。

彼の拾ってきたものに、多少羨望の感を起させるものがないではない。ある日のこと、彼は、新聞紙に包んだ大きな壜を提げて帰ってきた。それは支那の酒であった。彼は、それを手に入れんがために、八方に眼をくばっていたのである。だから、それを獲得するまでの彼の冒険たるや相当なものであり、その喜び方も並々ならぬものがあった。彼は、支那語は全然わからず、また附近の地理に精《くわ》しいわけでもなかった。彼は、何処か、競馬場の附近から郊外にぬけて、腕の腕章に物を言わせてきたらしいのである。僕は、彼が、得体の知れぬ街の光景や人に、不安を感じながらも、一歩一歩、その嗅覚に引きずられて、目的物に向って忍び込んでゆく姿を、眼のあたりに描くことが出来る。

——とっても、安いんだからねえ、嘗めてみたが良い酒だ。

彼は、赤い、細い、柔《やわら》かそうな舌を出して言った。彼の得意さ加減は、無事に帰ってきたということによって、一層ほどよく飽和されてしまったのである。ちょっと捻《ひね》れば、すぐに落ちるような彼の首が、依然としてそこに箝《すわ》って居り、吾々に対して絶えず同感と同行とを求めている。そこにあるものは、吾々に対する憐憫ばかりではないらしい。人懐しいもの。ダブルベッド。ああ、僕は慄然とする。

――これで、あとは、飯盒《はんごう》と兵隊靴を手に入れることだねえ、兎に角大砲の音を聞くところまで行かない分には、土産話にならんから……と、S小吉が、僕に誘いをかける。

僕は、この男と並んで行軍することを考えただけでも、数々の屈辱が眼の前に浮かんでくる。それは、僕の生涯に描かれた最悪の戯画である。青年記者と僕とは、いろいろと公用の仕事を持っていたが、S小吉には、それがないらしい。彼の新聞社は、彼の従軍中はお休みなのである。彼こそ、編輯者であり、発行者であり、経営者であり、その全部だったのである。まったく、接近するに従って、彼は小宇宙の観がある。彼は、戦争から獲得出来る限りのものを獲得して、彼を待つ家族へ(?)帰ってゆかなければならないのだ。そのために彼が払うところの犠牲は、戦争が戦争のために払う犠牲に匹敵する。――まったく彼は、別な線に沿って現れてきた生命の源泉を象徴している。彼とても、栄誉を担って、何処かに凱旋しなければならないのだ。

漢口の街に日が暮れると、交通は困難になる。月はあったけれども、それが荒廃した高層建築の影を一層暗くした。そして、ほとんど数間置き位《くら》いに立っている歩哨の、青く光る銃剣が突如として現れる。その誰何《すいか》は、充分心構えのある場合でも、ドキリと胸に応えるものである。遠く炎上している個所にあたって、空が赤黒く染まっている。僕達は、日の暮れない前に、兵站部の炊事場に晩飯を貰いにゆくために帰ってきた。青年記者は、一方では、彼が以前に配属されていた部隊との連絡を求めていたらしく、またその新聞社からの帰還命令にも接していたので、多少進退を決しかねて、迷っているところがあった。彼が、生れてはじめて国外に出た多感な印象は、どうかして支那から去りたくないということであった。彼は、よく僕を捉えて、職なら何処にでも転っていそうに思えるし、かくも自由な別天地が、一時的接触に終ってはならないということを繰返して言った。彼の前にある夢は、まだ汚されない夢であった。そのようにして、僕達は、それぞれの立場から、一日を過ごすと、外出の困難な宿舎に帰ってきた。

僕は、せめても、大急ぎの画信を送るため、スケッチ・ブックを腋に挟んで、視覚に映る限りの漢口を捉えることに骨を折った。僕は、少しはや目に戻ってきて、はげた朱塗の化粧机を窓の下に持出して、画稿を纏《まと》めるのであるが、窓の前は、巴里の裏街のように、種々雑多な壁の面が、狭苦しく迫り合っている。だが、窓はいずれも開かれない窓であり、既に十一月というように蝙蝠《こうもり》が飛んでいる。静寂は、腰をおろしさえすれば、何処にでもあるが、これが果して静寂と呼ばるべきものであるだろうか？　僕は、生死にかかわるような焦眉《しょうび》の急《きゅう》に追われているわけでもなければ、また、それを制するに足る枢機を握っているわけでもない。ひとり、……従って静寂に取巻かれているのである。

昨日まで、黄塵のなかに血飛沫を揚げて、武漢一帯は混乱の巷であったのだ。いたるところに死骸は饐《す》え、鹿柴《ろくさい》や鉄条網や、トーチカは引き歪んで、焼け落ちた電線とからみ合ったままになっている。黄色く、ほとんど銅色に光る河のなかを、いまだに敗残兵の死骸が、臀部を高く空に差し上げて流れていることであろう。僕は、それらのものから絶縁されているわけではない。僅かに、一区劃に電灯を残したままの漢口が、闇のなかにその廃墟を横《よこた》えるときでも、陽の光のなかで見た一切のものが、僕の網膜から消え去るわけのものではない。その静謐《せいひつ》を一皮剝げば、絵具箱をひっくり返したような複雑怪奇な色調が、いたるところに透視出来るのだ。街並や、露路に、足を一歩入れさえすれば、踏み場もないほどにあらゆるものが散乱している。それは、魚か動物の内臓を摑み出したような工合だ。あるところでは、家の台所で、軍馬が横倒しになって死んでいた。僕は、昨日まで子供の足を包んだ赤い靴の落ちているのを見る。鳥籠と帽子とが一緒に転がっているのを見る。猫と鼠とが隣り合って死んでいる。そうした街角を通り抜けたところで、偶然にも、鼻の上に新聞紙を貼りつけた生きている乞食(?)の女に行会う。――だが、誰も通らない、コンクリートの壁の上に、支那の襞《ひだ》の多い屋根瓦の起伏が曲りくねって続いているところで、鵲《かささぎ》がしきりに鳴いていた。

僕が、慌しく、片影を描きとめたに過ぎない、その異状な街頭風景も、決して静止のままとどまっているものではなかった。そこには、既に、徐々にではあるが、中断される事の出来ない生命の流れが、二つの相を帯びて始《はじま》りつつあった。一方では、引き歪められた家のなかで糞尿が溜り、一区劃に追い込まれた難民や居残りが、彼等を大通りから遮《さえ》ぎる木柵の間に、首を突込んで、その開けられることを待っていた。何か、餌を漁る鳥のような工合に、肩を窄《すぼ》め、地中にものを掘っている感じを与えた。ある者は、すでに紙片を手に入れて、特務員の査証に応ずるため、耳門の下に藍色の列を作って、集っていた。それらは、日々に調整されてゆく治安の一過程であり、通行がより自由になった商店街では、表戸に帰ってきた支那人が、戸を動かしている。

そうした、復旧のかすかな現れに反して、漢口を目指して殺到してきた日本軍の波は、勢い余って止りかねたように、遠く戦果を拡大しながら、八方に延びていった。また、場末から郊外にかけて、行動の順番を待って駐屯した。市内を通過する部隊には、まだかりそめには侵すことの出来ない粛殺《しゅくさつ》の気が漲《みなぎ》っている。戦えるものの姿が、その不揃いになった馬や装備の蔭に、隈取ったような黒い影を曳いてゆく。後に残った市街は、がらんとして骨ばった空虚を浮かび上らせ、その全体が馬繋場のような感じになる。点々として、カーキ色の帯にめぐらされ、目抜きの場所になるに従って多い日章旗のもとに、厳たる軍政が布かれているのだ。——だが、そこにも、刻々に推移してゆく戦局の、新しい基点たるべき変化が、活発に、瞬時も休まずに、営まれているのだ。

僕達は、朝、顔を洗う水にも困ったのであるが、水道による給水の途を断たれた街では、井戸のまわりに難民が、蝟集《いしゅう》し、ありとあらゆる種類の桶を持出しての雑沓《ざっとう》が始まっていた。路面といわず、広場といわず、水を求めて走っていた。それは、人類の歴史が、水の歴史であったことの縮図でもある。新しい明日を迎えることの可能は、いかなる場合にも捨てられてはいない。

トラックの砂塵をのみ浴びていた昔の盛場にも、待たれていた変化は徐々にやってくる。昨日まで、犬も通らなかった道端に、マッチと煙草を売る女子供が坐るようになる。一人の人間に坐れるところは、二人の人間にも坐れる。その隣りに、少しばかりの野菜を入れた籠をもって、老人が坐る。かくして、その場所は、何等かの意味で、安全を保証された事になる。その次の日には、少しばかりの魚を持って、その隣りに婆さんが坐る。彼等が、もともとそうした職業のものであるのか、俄仕込みなのか知ることは出来ない。ただ、そこに生活の便法があり、早くも支那風景の固有色が復活する。

僕達は、そうした風物の色あいを、いつの間にか自分の身にもつけてしまった。そして僕達は、飲み喰いすることの出来る店を求めて、イギリス租界に近いバンドの附近に、ただ一軒漸く店をあけたカッフェー・エトワールを発見したのであった。そのあたりにのみ、僅かに西洋風の匂いが漂っていて、非番の将校や下士や、僕達のような職業のものや、非戦闘員などが、餓えきった胃袋を潤わせた。わがS小吉が、テーブルを一つ隔てて腰かけていた文壇の大家永米先生に挨拶するために立上ったのもそこでである。だが、その結果は余り思わしくなかったらしい。彼は、彼に何等の箔をもつけてやることの出来なかった吾々のテーブルに、何か独言を言いながら戻ってきた。――僕の記憶は、僕が作った、幾つかの束の間の友の肖像とともに、色褪せ、消えかかって、後に残るものとてはないのであるが、そうしたところにも、刻々に移りゆく漢口の昨日と今日とがあった。

僕達の揚子江飯店の部屋で、晩飯が終ってから、幾人かの軍関係の人々の出入りがあってからのち、僕は仕事にも会話にも疲れ、青年記者は寝仕度にかかっているとき、S小吉はひとり落ちつかぬ様子で、何か物言いたげに、眼で合図しながら僕の袖を引張るのであった。勇ましい話が、彼を興奮させる筈もないのに……ついに、彼をして狎れ過ぎさせるような平和が、僕達三人に醸されていたのだ。彼にとって、すべての静謐は無意味である。

――ねえ、行ってみようよ、従軍したからには……これも経験だ。

青年記者は、その求め得べくもない幸福について、時期尚早について、名誉について、しきりに述べ且つとどめるところがあった。僕は、その夜彼が何処に行ったのか知らない。多分、歪《いびつ》に瘠せたり肥ったりした、顔色の悪い女性達の棲家に泊り込む便法を発見したのだろうと想像して、寧《むし》ろ、ダブルベッドを一人占めすることの出来たのを喜んだのである。だが、朝になって、まだ僕達が床から離れないでいるときに帰ってきた彼の様子はどうであったろう！　彼の小さい身体は、幸福そのもののように、闇のなかに光をつかんだ奇蹟そのもののように、ゆるゆると、転げ込んで来たのである。彼の瞳は、立っているものの頭のなかにあるのか、横になっているものの頭のなかにあるのか、それさえ自覚せぬ状態で、瞼に突き当った。それは、殆ど少年の、むしろ、その髪の毛の薄くなり加減からして、赤ん坊の首であった。僕は、この男位《くら》い、その年齢を知ることの困難な男はないと思う。むしろ、年齢などというものはないのかも知れない。

――顔は兎も角もとして、全くの素人だ！
彼は、その喜びを反芻するように、二重になった顎の上で首を振った。この山荒《やまあらし》か、鼬《いたち》か、小動物の情痴を聯想させる男を、そもそもいかなる女性が抱擁したのであろう？　彼は半ば口のなかで歌うように、半ば哀感さえも伴ったものの如く、何か支えるものを求めて、僕のベッドの端に腰を降ろしたのであった。僕は殆ど恐怖に近く、思わず「汚い！」と、叫んだのである。何か、得体の知れない、はてしなく汚れたものの、感極まった姿が、もはや同席をさえ許し難いものと感じられたのである。

だが、僕にして、それほど嫌悪すべき理由があったであろうか？　何か情状酌量すべきものがなかったであろうか？　僕は、次の日、その憂鬱を処理するため、これより以上酷薄な気持を味わないために、ひそかにこの揚子江飯店を逃げ出す方策を建てたのであった。先ず、何よりも、自分自身をも少し明朗にして置かなくては、行く先々が思いやられる。僕は勇をこして、報導《ママ》部や軍関係を、足にまかせて尋ね廻ったのであるが、案ずるよりも生むが易い。南京の街で知り合った二人の丸腰の男が、いまでは長剣をぶらさげて、向うからやってくるのに行き会った。それで、すべてが解決したのである。

僕が、少し早めに宿に帰ってくると、青年記者は、机を前にして背を向けていたが、何か書きかけの紙をまるめて振り返った。彼は、油気のない、日焼した顔をあげて言った。

――実はね、いま書置きしてゆこうかと思って……

彼は、安堵したような笑を浮かべて、決して僕を見捨てる積りではないということを弁明した。彼は、彼の本社からの記者とすでに連絡が出来て、一先ず南京まで引揚げるその準備にここを去らなければならないという経過を、手短かに話した。彼は、少なからず僕に同情するような態度で、暗にS小吉のことを意味して目くばせをした。そこで、僕もまた、既にここを去る段取をつけてきたことを、率直に打ちあけたのである。

——ああ、それはよかったですね。あの小吉奴、びっくりしますよ!

そこで、吾々は、吾々の簡単な荷物を、リュク・サックのなかに詰め込むと、宿を出てしまった。彼は、みちみち、この邂逅を、も一度内地で繰り返したいものだと、述懐した。彼は、必ず僕の家を訪問するからと言って、僕に略図をかかせた。勿論僕達は、バンドよりのカッフェー・エトワールで一杯のコーヒーを飲んで別れた。

その後、僕は、S小吉のことなどは念頭にもなく、勝手な従軍をつづけたのであるが、上海で思いもよらず彼の消息を知った。それは彼の訃報であった。彼は××の線まで出て、詳細は知る由もないが、そこで戦死したのであった。

都市再建への序説
——都市なき都民——

一、菜園

足の裏に麦の種が一粒くっついていて離れない。寝ても覚めても、湿った土の感触とともに、一粒の麦の種がある。都民の小さい菜園にも、それほど切実な夢が存される。私に、私達に、あらゆる不幸が重なって、飢餓が迫ってくると、もはや頭脳及び頭脳に類するものは、その機能をやめてしまい、ただ食慾と運動神経とのみが後に残る。——あそこに人がいる——と、いった類いだ。たしかに、憐むべき人だ！　そして、多くの劇は無言のうちに行われる。

もしも、私達が充分に生きていたなら、次のようなことは起こり得ないであろう。すくなくとも、仮死の状態か、原子爆弾の作用か、悪魔のとりなしか、何か理解すべからざる異変が、私を捉えていたのでないならば、それは有り得べくもないことであったであろう。だが、私は、告白せざるを得ない。私は、その後も、引続き、宿命的な出来事、幻想というなら幻想でもよい、そうした不自然な知性(?)に憑かれている。

私は、白い蜜柑や白い茄子を想像する。私は私の頭髪の色素の衰えとは全く別個に、すべての動物世界に、もうやり切れない、もう本性を現わしてやれ、もう革命だぞ！ と、叫んでいる。その極限を感ずる。そして、私もまた、その雰囲気のなかに引ずり込まれ、行列をつくって、歩いてゆき度《た》いような気持になる。飢えだ！ 煙草の吸殻を拾う。

路傍に倒れている老人が私かも知れない。あの人が私かも知れない。この人が私かも知れない。まことに、申訳ない話だが、私は無知であり、本性を現わすことなしに、本性を知ることなしに、外貌のごとくに、辛《かろう》じて生きている。すべての人の外貌のなかに包まれた、絶望と倦怠のなかに生きている。そこに遠い歳月の終焉が横《よこた》わっている。

……お前の菜園に帰れ！

マッチ箱のなかに泥を盛り、その上に種を播いているのが都民である。私もまた彼等の仲間である。すこしばかりの土を争う。土を盗む。彼等の頭は、前からも、後からも、両様に物言う口を持っているかの如くに、そして結局物を言わないために、変質し、歪んでいる。脚は短く、彎曲し、その上に不均衡な肉体の軸とその附属品とが乗っている。彼等は生きている墓である。花はない。花の代りに灰と瓦礫とがある。

――お前は、たんと同胞を侮辱するがよい！ ――私は、拡声器を通してはじめて聞きとられ得るような声を、幾度か背中の方で聞いたのであった。私は、私の畑を一層よく見究《みき》わめるために、虫眼鏡を持って歩いていた。土と空気との間にどんな変化が起っているかを知るために、小さい鏡ほどの虫眼鏡を持ち出していたのであった。もはや、それは、愚昧《ぐまい》にして、気狂いじみた私自身についての問題ではない。霧の漂う細長い試験管の溝のなかで、点在する麦の種が、生き動いているのを発見したときの喜びはいかばかりであったろう！　彼等は、白い、小さい、絹糸のような脚をふり動かし、緑色の羽をつけているではないか。彼等は、丸々と肥え太り、自らの膨脹律によって、転げ廻っているではないか。彼等は、明《あきらか》に植物ではなくして動物である。それなら如何なる種類の動物？　昆虫？　昆虫とは異《ちが》う。彼等は、自足し笑っている。ときどき小さい笑い声を立てる。私は、朝早く、寝床から畑へ、焼けた棒杭の臭いのする、暗くて狭い通路を急ぎはじめた。それは、彼等の間ではじまるかも知れない未知なる変化を見逃さないために。

はじめのうち、私自身が虫眼鏡のなかで見出されていたのかも知れない。誰だか知らないが、多分、私に声をかけ、私に話しかけてくる見えない人物の存在によっても、それは想像できる。私は、畑の畦に腰をおろして、眼では一生懸命に麦の種を追いながら、坂の方にある声の持主とも応対していたのである。私は、心のなかであいつがやって来たと思う。「あいつ」が饒舌《しゃべ》りはじめる。

——これは、全く奇観だ。

——何が？

――君は、麦を寒晒しにしてどうする気だね。土の下に入れてやらないで、土の上に並べているんだからね、それで麦が生える気かね？　驚いた。まあ、君みたいな馬鹿者は日本中に一人もいないだろうよ。

――しかし、これは、知合いの百姓に教えて貰ったやり方なんだが……（その点、私は不安になりだし、後を振向き度《た》い位《くら》いになったのであった。）

――それも良いさ。お蔭で、死なない種の実験が出来たというものだ。

――この麦は、駄目かね？

――いや、そのうちに、みんな這い出すか、何処かに飛んでゆくかするだろうよ。まあ、いつまでも、虫眼鏡を振廻しているが宜いさ。

――し、か、し、動いている。

私は、いくらか、そのまま膠着状態になってきたように思われる麦の種に、心配しだしたのであった。たぶん、私のやり方は間違っていたのかも知れない。だが、私の興味は、日毎に私を畑の中に引張り出して、説教を加えようとする、その声の持主に向ってすすめられていった。もはや、私は、あなた方の判断に従うならば一個の痴人であった。私は、七つほど固《かた》まり合っていた麦の種の一粒が、見えなくなったのに気付いている。私は、その種を、その種の横顔を、何処かで、最後に見たように思った。彼は、大きなフット・ボールほどに膨れあがり、長い四つの足で、仲間のいる畑の凹みを抜け出し、畦道の方に駆けていった。彼こそ、種のなかの巨人であり、未来の開拓者であり、救世主なのだ！　私は、そうした新しい結論に到達すると畑の真中に座り、西方を眺めながら、大きな声で尋ねた。

――そうだよ、お前が想像するとおりの者だよ。（彼の答えは、声の響きに応じて戻ってきた。）

私は、私の発見に喜びもし、安心もして、陽が高くなり、そしてまた低く落ちてゆくのも感じないほどに、日向と影とに跨って、未来の世の中のありようについて論じた。「彼」は、権威あるものの如くにではなくして、悪戯《いたずら》に満ちた子供のように、私の秘密を、私の屈辱を、過ぎ去った日のなかから引張り出してきた。それは、頭をひっぱたくことの代りに尻尾を摘んでいるような工合であった。

――そう、そう、お前は、かつて、何かを信じていたのに、今では何にも信じていないというんだね。たとえば、お前は人を憐《あわれ》んだことがある、だが、いまは、人なんか憐まないと言うんだろう？　たとえば、昔は、ものを盗まないということを信じていた。ところが、いまは……何も、恥じることはないさ、信じないいんだから。すこし位《くら》いは盗む。いや、盗むというより、自発的に利用すると訂正すべきだろう。すべて自発的に！　それが自由というものだ。

――僕は小さい風で、樹の股のなかに匿《かく》れていた、そうすると大きな風がやってきて、樹ごと吹き飛ばしてしまったんだ。

――そういう言い方もあるね。圧力の比重が異《ちが》うと眼球が飛び出すからね。お前が、そうして、虫眼鏡のなかに、眼の球をむき出しているところを見ると、少々可哀そうになるよ。それでも、かつては、その眼に物を言わせて……

――嫌なことを言うなよ。

――またもや秘密かね、もうそんな必要はないよ、すべてタカの知れた話さ。だが、お前の嫌いなガジガジ親爺が、いまのお前の姿だと言って聞かせてやったら少しは寂しかろう。お前の叔母さんとかいうのが、毎日やってきて、壜の栓だの、鍋の壺だの、火消蓋のなかの消炭だの、塩味のしみ込んだ箸だの、そんなものを持ち出すといって、お前は気にしている。お前は強いて口を利くまいとする。たいしたことさ、それで、未来を語ろうというんだからね。お前達は、いまに、葱の薄皮を拾っても、摑み合いをはじめるだろうよ。

――だから、僕は畑を耕しているんだよ。

――たいした畑さ。お前が座ると、大切な麦が下敷になってしまうよ。

――それでも、僕は救世主を呼び降ろしたんだからね、もっとも、救世主と名乗るにしては穿《せん》鑿《さく》がこまか過ぎるけれども……

――それは、俺のことかね？　俺は誰にでも同じようなことを言やしないし、誰にでも同じように現われやしない、相手次第では、月の話もすれば、星の話もする。だが、お前のような馬鹿者がいて、お前のような馬鹿化た麦の播き方をする奴がいなければ、俺がこの世に生れてくる必要もなかったわけさ。ありていに言えば、俺は涙にもろい。それだけ、俺はお前のことを研究したわけだ。俺は、お前のことなら、頭のてっぺんから毛穴の末に到るまで知っている。むしろ、お前がお前のことを知っているよりも以上に、お前のことを知っていると言った方が適切だろう。

――たったいまこの世に生れてきたというのにね？

――そんなことは問題じゃない。お前は、俺がどの位《くら》い大きいか、どの位《くら》い普遍的か、俺の姿を見たことがないからそんなことを言うのだ。そのうち、帽子が物を言い、箪笥が鼓動を打ちはじめるほどの大事件が起きるからね。そのとき、お前にも、俺の姿が見えるようになるよ。

――事件は、もう沢山だ。

――馬鹿を言え、物事は繰返すから値打があるのだ。繰返すうちに、状態は段々悪くなる。だが、悪くなることの責任まで、お前が負う必要はない。世の中の人は、政府が悪いと言う、機構が悪いと言う、悪い人が悪いという。だが、誰が、何が、それを支持しているのだ？　正反対なものが正反対なものを支えている。細胞だって、別れるときには、二つに別れるのだ。殖えるということは、繰返しであり、闘争であり、循環する車の輪になることなのだ。

――それだって、歴史は阻止するだろう？

――ふん、進歩する、進歩することは、一つになることであり、退歩することは無限に分裂することなのだ。しかし、歴史は、いまだかつて、その両極に達したことがない。従って、その限界さえも知りはしない。ただ、中庸を得たもののみが、その現実なのだ。たとえば、時計の振子の如く、季節には芽を出す種の如く、ただ、突如として奇蹟が現れる。奇蹟を透してのみ創造があるのだ。

——それは、死ぬことですか？

——お前達は、それによって生きていながら、それによって死ぬことを想像する。お前の死骸を載せた黒い車輪が、畑の側のこの道を通過すると仮定する。お前の子供が、向の木戸から、それをじっと見送っている。それはきわめて中庸を得た現実なのだ。だが、お前は、お前がどうして死んだかを、お前の子供に語り明すことは出来やしない。お前の子供もまた、彼がどうして生れてきたかを、お前に語り明すことは出来やしない。それはそれは悲しむべき黄昏のように揺曳《ようえい》し、遠い空の彼方に貼りつけられる。それは、記憶の隅に一点として残る。虫眼鏡を持ち出して、拡大してみるがよい。すべては、静止のまま凍結している。なんという音譜だ！　お前は、それを、死と呼び、また生と呼ぶことが出来るか？　お前にとって、不可能であったものを、可能にする力は何処にも匿されていないのか？　お前の胸を圧搾する夜の暗黒に、炬火《たいまつ》をかかげる者はないのか？

——まったく、すべては未解決だ。未来でさえも記憶のために曇っている。

——お前は何かを怖れている、多分変化するものとともに、変化することが出来ないからだろう。お前は、老年の智慧を持たなくてはならん。お前は、お前のお母さんが、水びたしの藁草履をはいて、そこいらじゅうを歩き廻っているのを知っているか？　まるで、立枯れた薊《あざみ》の花を、地中の土竜《もぐら》が引張っているような工合だ。曲ったり、伸びたり……

——あれは、気が狂っているんだ。血統だよ。

――そんなことは、どうでもよい。だが、誰のために？

――兄貴のためにだ。僕の兄貴は腹を切ったんだ。僕は、いつまでも、黄色い菊の花と、赤い血の色とを混同して思い出す。

――そんなことではないだろう。お前のお母さんは何と言ったのだ？

――なんにも言いやしない。ただ、警視庁から迎いに来た黒い自動車のことを、口癖のように言っていた。あの黒い自動車が！　それから、夜は、どうして暗いんだということを……要するに、兄貴の死の衝撃が強過ぎたんだ。どこかで思考のフューズが飛んでしまったのだ、もう、歳を取り過ぎていたからね。僕の兄は、お母さんにとって、全智全能だった、何という輝しい希望であり、生活の保証であったろう。お母さんが兄貴を生んだかも知れんが、兄貴がお母さんを後天的に生み直した、とも考えられるのだ。僕は、若い時分に、お母さんを兄貴に盗まれたという思想に捉われた、それが、そもそも反逆のはじまりなのだが……

――ふん、どうも、判っているようだが、何にも判っちゃいない。犬を殺すのは棒かも知れんが、棒を握っているのはイヌコロシだ、そのまたイヌコロシに紐をつけて歩いているのが巡査だ、それから巡査は……すべての関連は、そのように、はてしなく、深くして且つ遠い。

――それは、一体なんのことですか？

――お前のお母さんは、お前を、一番愛していたということを言っているんだ。その論理は、お前が解かなければならないのだが、言って聞かせてやろう。お前のお母さんは、お前の兄を愛することによって、お前の兄の愛護がお前に加わらんことを期待しているのだ。

――そんな必要はないよ！

――お前の兄の愛護が、お前に加わることによって、お前の愛が、彼女に向けられることを、お前のお母さんは欲する。

――そんな、廻りくどいことは必要じゃないよ！

――なぜ必要じゃないんだ？　そこに、愛の質のみならず、量の問題がある。そして、事実がそれを証明する。それだけ、お前は彼女から遠く、理解し難い人間であり、且つまだ、この世の幸を享受し得ない、危げな足どりで地上を歩いている。彼女の願いは、冥府からの願いに近く、それだけ強甚であり、生命の支柱である。それは、殆ど、罪悪の色にさえ染んでいる。なぜ？お前の兄さんは死んだ。

――それは、政治的原因からじゃないか？

――そうでないと、言いはしない。だが、お前にも判るだろう。真相はかならずしも真相ではないということが。それと同じことが、自分自身の上にも当嵌《あては》められなければならない。怖れの必要はない。許容すれば許容するだけ、ポンプの水のように、心の旱《ひでり》を灌漑するにきまっている。さもなければ、この次は、お前が気狂いになる順番なのだ、血統の云々する位《くら》いなら血統のなかにある欠陥を突きつめなければならない！　責任をとって前進しなければならない！

――相当頭が悪いね、僕は？　その道は、幾たびか通りかけたようには思うのだが、その、中庸を得た現実というやつが妨げをする、普通の人間のようでありたいという見栄が、まだ僕に残っているのだ。

——そうだ、その通りだ、だから、お前は、何べんでも同じところで躓く。お前にとっては、迷信と奇蹟とがごっちゃになっている。お前は、一銭銅貨やトランプで占ったりする、馬鹿化たことだ、お前のところにゆく道は暗く、四方から塞《ふさが》っている。お前は、流れる水を呼ぶために堤防を築いているのだ。そして、水が来ないからと言って、運命の星を数えたりする、だが、手続きを踏みさえすれば、人間が天変地異を呼ぶのだ！

——それが、吉であろうとも、兇であろうとも……

——それが、吉であろうとも、兇であろうとも、お前は、その片鱗に触れた筈だ、それは恐怖よりも以上なものであった筈だ、お前は予感したり、その深淵を覗いたりした筈だ、お前に、因果の律に捉われたりして、それを理解しようと勉める。だが、奇蹟は既に始まっている、何処を見ても、何処を歩いても、座っていても、立っていても、ただ、盲《めし》いた人間の喧噪のなかにあっては、眼が物を見るのではなく、物が眼を見る。すべては、宿命と呼ばれる客観のなかにある。

——それで、僕の眼も見えないわけだね？

——気の毒なことには、一寸先は闇だ、それをお前は知っている筈だ。

——そうだ、知っている、だが、僕は、知っている僕自身を否定する。

——つまり、お前は、も一ぺん試そうとする、も一ぺん繰返そうとする……

——いや、繰返しはもう沢山だ、これより以上に爆弾を落されるのは沢山だ、片輪や、死骸を見るのは沢山だ、それは、それが僕の私的生活と符節するから沢山だと言うのじゃない、それが、余りにも無目的だからだ。

——犬コロシの棒のようにかね？

——それは、僕だって、僕達を焼き殺そうとしたのが、アメリカの飛行機でも、またその飛行士達でも、ない位《くら》いのことは知っている。そこには、網の目のように相関聯するものへの支配的要素がなくてはならない。僕は、まだ空襲のはじめの頃、見渡す限りの都市の残骸のなかに、硝子壜の溶けたのが、青い透明な山を築き、鉄筋の赤い骨だけが、棚や柵となっているのを見て、この上もなく美しいものと思った。それは、どんな人間の解剖図も、彩色された裸婦も及ばないものであった。その引き歪められた、非実用的な構図のなかに、喘ぎ喘ぎ現出してくる一人物を点景とするとき、そこには、絶対的な、宗教的な雰囲気が漂っている。正直なところ、僕は満足したのだ。

——それでは、その美のために？

——ところが、その戦災地を離れて、郊外まで来ると、まったく異《ちが》った、絶望的な感銘が僕を支配した。僕は、一軒の家の前に、赤い、骨だけになった、木乃伊《ミイラ》のような自転車の置かれてあるのを見た。僕は、死に得ざる死を見たのだ！　僕は、長い物語の終焉のようなものを感じた。僕は……あ、あ……僕の心臓に突き刺されたメスが、再びとりあげられて、筬《おさ》となって、地のはてを飛んで行く、はてしなき、非生命的な、律動の、微熱に溶解した寒天状の、震える空気の墓によって包まれている。僕は、僕自身を、僕のものとして、拾いあげることが出来ないのだ、それは、絶望の海なのだ！

——まったくね、お前は、裸になって畑の土に寝てみると重いね、お前の肋の骨は、さぞ美しく見えることだろう。

——近い将来に、そうなるかも知れない。

——そのときには？

ここで、私は、私が使相《ママ》してきた私というものの在り方について、一応の疑義をさしはさまなければならない。それは、第一人称としての私であるより、一定の場所と一定の時間とに関連を持つ、適宜に扮飾された「彼」ではなかったかと思われるのである。これから、演出されなければならない綜合的機構のうちでの前景に於て、「彼」であるところの私は、確《たし》かに、私の信ずるところによれば、麦の種と日々に語らい、日々に親しくなっていったのである。そして、次のようなことがほぼ確定的である。

その麦の種は、鮑《あわび》を両側から合せたような工合になって居り、手とも足ともつかないようなものを歩行の道具としている。そして、それは、その種族、貝類に共通なもののなかでの王様であり、来たるべき時代の予言である。

自我の崩潰

処理の伴わぬ前進と、芸術至上主義とは仲よしである。（超歴史的！　そんな言葉があった。）そこで、いちじるしく俺は俺だというような風貌が浮かびあがってくる。そうした俺を、無理して通させようとなると、いろんな手練手管が必要となってくる。ハッタリだのペダントリーだの。形式論理だの。躓きは先ずそこいら辺にある。

意欲として、それは、そうしたものであろう。だが、結局のところ後に戻らなければならないのである。ところで、終戦後の廃墟はいつまでも廃墟としてあるのではなく、打撃の一番浅い部分から蘇りが始まる。それは最初のうち、フィジオノミーとしての細胞の部であり、唯物的であるが、ただちにもっとも直接的な、近視眼的な、錯誤試行の心意的状態に移る。インテリの層にも、いろいろ種類があるが、随分よく辛棒したと言えば言える。ここで問題になるのは、その辛棒の仕方であるが、彼等が処理すべきものを処理し得ていなかった場合を想像しよう。

勿論そうした仲間でない者もいる。だが一般的傾向が、表面に出てきているのである。彼等が処理すべき問題を処理していないときには残存の機構及びその処理改築工事が、あつらえ向きの迷路となり、その学習過程は大層手の込んだものとなる。「ああ、僕はこの迷路を見事に捌《さば》いてみせたよ、ほらここに広場がある！」――最後に、彼等が意気揚々とし、或は少しく頼りなげに出てきたところを見れば、それは最初の入口なのである。だが、彼等が茫然自失する筈はない。その広場こそ、封建性の匿されたところであり、彼等自身のなかに匿された封建性と矛盾するところがないが故に、それはまったく新しい出口のような感を与える。まさしく、天空は開け、高い高い手のとどかないところから、マナが降る！　それは多分に定型詩的風景である。

（中野重治の封建性の処理の仕方参照。終戦後、しかも彼にもっとも近親性を持っていた筈の詩人達から、いろいろ質疑が出てきたことを思えば、どの位処理されていなければならない問題が処理されていないか、どの位偏向が行われているか、その他一般の状態押《ママ》して知るべきである。）

私は、ここで第一次欧洲大戦後の独乙《ドイツ》の状態を想起して貰い度《た》いのである。いま、われわれの周辺にあるものは、浮動していて何等決定的なものではなく、現象的に見れば無邪気なお伽噺の性質を帯びている。おそらく、羊のような（多少角も生えているが）文化人と、狼のようなファシストとを並び合わせて考えるのは無謀であろう。だが、はじまりはいつでもそうした、わけのわからぬもやもやとしたところにあるのである。戦争の極端な重圧と、そこからの俄《にわか》な解放とが、きわめて自然ななりゆきで、一時的に大衆の思考力を奪ったという点も考慮されなければならない。そして、それを利用しようとするもの、またその存続を擁護することに興味を持っているもの、そこいら辺から打出されてくる引歪んだ形には充分の警戒が必要である。

「夜の会」あたりから、「冷酷無慈悲な対立をやりましょう！」などというお触を廻していると ころをみれば、満更意識的動きが何処かにないわけではあるまい。それが擬態であるのは、彼等の立っている基盤が同じものであることによっても明《あきらか》であるが、大衆にとってはこれより以上冷酷だの無慈悲だのは沢山である。それは前支配階級の手先である憲兵の言ったことだ。ところが、充分それが楽しめる層があるらしいことも事実である。そこで、その広場のまわりを、それに通ずる間道だの、茶店だのを調べてみよう。

広くて狭いのが世間だ、と諺は経験だけでものを言うが、どんな傾向でも単独にあるわけではない。一つの傾向は他の傾向に関連し、次第にその全体が見えてくると、案外狭いということになるのである。そこには重複があり、異質の同化があり、少しずつズレてゆく階段があり、もっとも支配的なものが何処にあるかということを知らなければならない。

多分「夜の会」の如きは、一つの結び目であって、それを左右する別な力との関係に於て揺れているのであろう。それは、そこで、そういう工合に演出されているのであろう。で、慾望強壮剤を売る男や、闇成金や、遺産の捨て場に困っている若旦那や、新興顔役や、風体を見ただけでは何者とも察しかねる人物達をも、そこに登場させ、その全体性を見とどけて置く必要がある。

その広場は、しばしば無差別に賑《にぎわ》っている。「ちょいと会合をやりましょう。」「ちょいと座談会を開きましょう。」それは客を引く賭博者の声に似ている。そして、空廻り曲芸のあと、どういうことを決議するかというと、「実際問題ですからね、批評の基準をなくしてしまいましょう！」――これで思い合わせることが誰にもある筈である。そうした仲間でなかった筈の者は、狐に鼻を摘まれた思いであろう。

文学や芸術が社会的に規定されてくるものでないなどということはとんでもない嘘である。芸術のための芸術や、主体性の確立などが、別な線からここに引入れられてきて、一層ものごとを判らなくする。個人の幸福や、個性の完成を願うのは結構なことであるが、それを達成する方法が問題になっているのである。むしろ、その個性のためにわけのわからぬことをいうのが、流行《はや》りでもあれば、道徳的でもあるらしいのである。そのような自我の打出し方は何に起因しているのであろうか？　子供が、わけのわからぬことをいうのは、それなりにわけのわかったところがあるが、大人が、わけのわからぬことをいうのには二つの場合がある。それは真面目な大人を相手にしている場合と、も一つは御当人自ら全くわけがわかっていない場合とである。全くわけがわかっていない場合は、命を賭けなければならず、言語に絶した生活の瞬間としてあるだけである。で、これらはこの際問題にならない。欠けているのは体系であり、処理の仕方であり、生活感情の豊富さである。それがそうなったのには理由もあるであろうが、駆引なしに、実際にわかりにくいのは、彼等のインテリゼンスが自我の解放（もう順番が来たのだ、弛んでも差支えない）に於て、如何なるインテリゼンスを求めてさ迷っているかという堂々めぐりであり、彼等の思想が、実証の面に於て複雑をきわめ、多岐に渡らざるを得ないそのことから来ているのではない。

現実の執拗さは、そのように浮上ったところでは口実にならない。そこで広汎に煙幕を張りめぐらす必要が出来、充分鍛えられた筈の自我が、慾望それ自体に向って転化し始める。もしそこに自制力があるとするならば、それは処理されていないものであり、いつでも、いかなる情勢に応じても、反動的に、功利的に、動く性質のものである。そのような矛盾と、矛盾のなかでの自我の崩潰！　孔雀の羽をさした鳥の行列が始まる。彼等の鳴声は、曰く――アップレ・ゲエル！アップレ・ゲエル！　それからまた、アバンギャルド！　アバンギャルド！　まだある。フォルクロワ！　フォルクロワ！　え、アーティストと、アーティザンとはどっちが上なんだね？「もしもし精神と肉体との関係を話して下さい。」「君はイソップ物語を知らないのかね？」その戦線の先の方は、蔓性を帯びていて何にでも絡みつく。つまり何が何やら判らなくなる。これでは、まさしく、人間の名に於て、超歴史的である！

　ところで、彼等が、集団的になればなるほど、何かの横顔に似てくる。ひとりひとりでは、さほど眼につかないものが、同じ鋳型に鋳込まれなければならない運命を背負っているように思われる。その何かとは、大層胴の長い、右の左に座っている、首の二つある男の像のことである。彼は右が封建的だというので（偏向）、右を憎んでいる。ところが、彼の左側に座っている者は、余りに背が低いのでよく見えないのである。無理往生の対峙から身を翻すことの出来ないものは、（終戦後の変化に応じて）、その余勢をかって反動におもむく盲目性から自由ではない。彼自身右なのである。ただ異っているのは、彼自身分裂していることであり、首が二つあることである。

彼は片一方の首で、封建的ブルジョワ的プロレタリア的無処理に向って呼びかけなければならない。「僕を知って呉れ！」と。これがまさしく、その成形期に於ける新興階級の像なのである。その像は、もっと徹底的に分裂するものの前身なのである。――さて、彼等集団にあっては、プロフィルはあるが、フロント（正面、前線）はない。その故にこそ、それは批評の一切の基準を捨てることと、つまりああも言えればこうも言えるという自己肯定の方式を積みあげることと、まったく無意識に外部を遮断して情熱をあげるというその心的状態を反映しているのである。そこには、所謂《いわゆる》肉体的意志はある。だが、苦悶の象徴たるべきものは、観念的にのみ、遠い憧れとして、超歴史的にある。

以上のことがらも、ひとりびとりが、大衆のなかに行きさえすれば彼等を捉える網の目から（それが、しばしば世間的になる突撃路と錯覚される。）離れさえすれば、自《おのずか》ら解決の出来ない問題ではないのである。またそれらの全貌を知ることが芸術を推進させるのであり、文化についての在来的意識を変えさせもし、彼等自身を描くことも出来、前衛の役割も自らはっきりしてくるのである。ジャンルの破壊ということなくして、アバンギャルドの仕事はあり得ない。それは、専ら形式と内容との問題にかかわってくる。主体としての人間の、客体への積極的働きかけは、一つの形式を他の形式によって補足し、一つの形式を他の形式をもって置換えるというところまで進む。そこでは、旧い形式のなかに新しい内容が盛られていることもあり無論落付かない新しい形式のなかに新しい内容が盛られていることもあり（しばしば孤立）庇を借り母屋を乗取るという戦術も展開されるであろう。それは、いずれにしても、新しいジャンルを生まないではやまない。それは、在来のジャンルを知悉諒解《ちしつりようかい》することに始まり、客観認識の精密熾烈さを加えることによって可能となる。それはそれほど判りにくいことではなく、印刷物的知識（それを擦り落すことがしばしば必要なのである）を、必ずしも必要としない。それは、実践の体験を通じてはっきりしてくるのである。——そこに、最初の出発点にある、愛情の処理の仕方があり、単純素朴な写実の精神もあるのだ。それは、それら処理の仕方の帰結として、作家に必然的運命の独自のテーマ（すでに生活されているもの）を、提供するのである。それが、血みどろの姿を帯びるなら、それは下から盛り上ってくるものと一帯なのである。

転形期に於ける個性のあり方は、渾沌に向って崩壊するのではなくそれを秩序づけることになくてはならない。ペダントリーやレトリックスは、敵の武器を取って、敵に挑む場合にのみ限られているのであり、相殺することに於て解消する。次の段階は資材の克復や、技術の習得などに忙しくなることであり、そのことから局面が展開する。グロッスやリベラの版画シリーズは、かつてのアバンギャルドの仕事と言えよう。トルラーの燕の詩や、タイロフのキュービズム演出などもそうだと言えよう。日本では村山知義のマボウや、「赤と黒」などの運動がある。勿論そこで、自我が飛び出して、自我の自壊作用が行われてゆくという面は見逃せないが、それは、攻勢の敗北であり、それを訂正することが後に続くものの仕事となる。（寛大な批判と、厳粛な処理。）

小田切秀雄に言わせれば、「彼等は変らないことによって、変っている」と。これは、アバン・

ゲエルとアップレ・ゲエルとにも関する言葉であるが、われわれ戦争通過の方法を同じくしたものにも向けての総括的批評である。それは、少しもパラドックスではない。動く客体と動く主体との関係の問題である。動く主体は、動く客体に働きかけその結果を伴った動く客体は、動く主体に働きかける。その相互関係に於て、自我と社会は不可分になり、発展する。ところで戦争中極端に圧縮され凍結状態に置かれた自我は、ややもすれば孤高の精神に逃れ、省《かえりみ》て他を言う沢山の口実を作った。それは、戦後変らなければならないものである。ところが彼等は、「変らないことによって、変っている」。それは、いうまでもなく否定されなければならない。車輪のない汽車に乗って、お前達遅い遅いと呶鳴《どな》っている間は愛嬌があるが何ぞ知らん、それは後向きですよ！

ある期間では妥当であると思われる行動も、次の期間では妥当であると限らない。戦争通過にあたって、はかない抵抗を試みた連中の傷《いた》めつけられかたは、横の連繋とてはなく、自我を掘り下げることによってのみ、守勢の攻勢に於てのみ僅《わずか》に支えられたのである。おそらくそこにある自我の鍛えられ方には、比類稀なるものもあったことであろう。「変らない彼等」が、そこで到達しえた問題も多いのであり、その成果が終戦後齎《もたら》されていないわけではない。また、今日でも別種の傷めつけられかたがあるとするなら、その自我は役立たないというわけではない。だが、理想的なことがざらにあるわけのものでなく、自我だけを問題にしても、そこには多分に観念的なゆがみがはいり込んでいたことを、今となって知る。

その証拠ともなるべきものは、すでに表面に浮かび上ってきた一般的傾向である。どの程度まで彼等がそこに関与しているかは別としてそれが民主戦線を曖昧にし、後に続くものへの壁となり出してきたことは事実だ。戦争通過に於て遮断された社会の発展を、再び彼等の操作によって遮断されることになるならば、そこに二重の負担が出来ることになる。しかも、そこには、まったく異った通過の仕方を持つ「後続」のゼネレーションもあり、知的に未熟な大衆もあるのである。おそらく、そこには、別な線を通じて流れ込んで来たものとの合作が、大きく写し出されているのであろう。だが、近代精神の放恣《ほうし》さ（威嚇したり媚態を呈したり、ひどく政治屋的階級的）が、それに結びつき、彼等の知らない間に、幅広くなってゆくとするなら、大衆のなかへ根を下ろす運動をはじめるとするなら！　強引に——それが、いかなるものの母胎となるかは、ただ大いよその蓋然性を持って言い得るだけである。

最初にある小さな汚点は、それが拡大するよりも前に未然に防がれなければならない。それは細菌性を帯びているし、培養液はいたるところにある。現実として、社会的に規定してくるものの真の姿を捉えることなくして、自我が本当に鍛えられるということはあり得ない。また客観的情勢の変化に従って、自我を棄て得るということなくして自我が本当に鍛えられていたということはあり得ない。もしも、芸術運動を通じて芸術が成り立ち得る状態であるとするなら、一切のゆがみが捨てられなければならない。それは、各自の責任に於て、訂正の出来ないことではなく、益々それが訂正され得るや否やに重大な意味合いがかかってくる。彼等が鋒《ほこさき》を逆様にして、彼等の陣営を打砕くとするなら、「冷酷無慈悲」なる言葉も一脈の光彩を放つこと疑いない。

夜の支配者

私はその男と毎週一回駅の構内のようなところで会った。私は親友というような関係を好まないので、最初未知の私に向って彼が手を差し延べた時に躊躇《ちゅうちょ》した。私は人間を信じないか、恐れるか、高慢と羞恥心とのまじり合った奇妙な状態に置かれていた。したがって、「あなたが好きです」などと云われると後じさりをしたものだ。そして、この場合は、とくに不吉なもの、いい結果にはならないぞという予感から、私の心の奥底には苦悶があった。

だが、誘惑——この言葉が適切であるかどうかは知らないが——には勝てないものである。彼即ちいくらか女性的な感じのする名前の小山田澄夫が、私と離れがたい関係に置かれたのは、戦争も既に第三期にせまっている頃であった。小山田はガッチリした骨格の三十代の男であった。その風貌の特長と云えば目玉が大きく光沢のないことであった。それは一度紙ヤスリをかけて嵌め込まれた硝子玉のように、ゆっくりとその回転の角度を示しながら動いた。それから鼻にも特長があった。その鼻梁の末端に当って、穴の内部に進むいわば引込線のような軟骨の隆起と、切れあがってくる小鼻との間に、稀れにみる見事な造形の精緻さを示す線があった。それは顔が四十度の角度に仰向けられたときに見頃なのであって、それを外れると曇った日の山のような頬骨が、突き出した。私達は毎週同じところで同じベンチで待ち合せたのであるが、私がおくれて来るような場合には、彼は片手で書物を読みながら、向きをかえるのさえ面倒臭そうな様子でのろのろと動作した。

私は、紙挟みのかわりに使う特別大きな封筒を、彼の膝の上になげ出すのであった。彼はしばらく四十度の角度に正面を向いて、それから大きな目玉を垂直に膝の上に落した。封筒のなかにはさまざまな種類の原稿がいっぱいに詰まっていたが、それは普通の原稿とはちがっていた。あるものは用器画のようで、あるものは建築の青写真のようで、数学のある種の式のようなもので満たされているのもあった。彼は、誰にも判読の出来ない、鉛筆の先とインクの塊りとでもみくちゃにされた紙を、爪の先で生き物のように押えた。

彼は、胸のあたりを空洞にして、ヒヒヒ……と鼠のような声を出して笑った。そうすると彼の前歯が一本かけていて、長方形の縦長い黒い空間が現れた。彼は、餌物を押えて楽しんでいるような工合に、少しずつ間を置いて、尻上りの言葉をさしはさんだ。私もまた笑ったり話したりしたが、出来るだけ心を平静にし、それから始まるであろうところの討議に対して準備した。

私達は、「神」について討議した。ついでに云って置くが、私達は時局に対して抵抗の線にある一つの雑誌を共同で編集していた。簡単に説明すれば、それは、われわれにとって、労働のある種のものを提供する場所であった。それは、それによって、われわれが人間世界につながっている最初の、そして最後の形式を生み出すところであった。彼に云わせれば、それは、桎梏《しっこく》であり、牢獄の壁であり、マドリッドの修道僧のように、うつ向いているだけで作業の出来るところであった。

――馬鹿な奴等さ！　いったいこの雑誌を何だと思っているんだね？

彼は、鼠のように声をたてて笑った。それから喉が裂けて天井を吹きとばすことが出来るように笑うことを練習した。

私達は一週間のうち、一日だけを除いて、雑誌のために走り廻ったり、ものを書いたりしながらも、その雑誌を軽蔑していた。私達は、囚人達に対してわれわれがもっと苛酷にならなければならないと云った。私達は囚人であると同時に、看守でもあったのだ。

そんなわけで、私達は精神的に重なり合いながら、四囲の状況の変化とともに、徐々に一定の法則をもって移行していった。私達の間で「神」が論議され出してから、その状態は一層はっきりとしてきた。つまり私達は、私達の可能の限界を見きわめなければならないところに来たのであった。はじめ、私はここには多分の冗談がまじっていると思ったのであるが、後には引けなくなってしまった。そのうち話はずんずん先に進んで、「神」をつくる実験室《ラボレートリー》をつくることになった。しかし、そんな金はないので、私達は、しばしばそこで落合う機会をもった駅の構内のベンチに根を降ろすことにきめた。一番適さないものを一番適するものに変革するということも、またわれわれの実験の手はじめであった。たしかに、その点だけでは成功したと思う。

私達のベンチは、待合室を出たところの、その裏側にまわろうとする通路の角のやや広く残されたところにあった。ベンチは一個だけで、なにかのはずみにそこに置かれたまま、それの正当な置き場所を忘れられてしまったのではないかと思われる。そこから、ななめに、正面の広い入口が眺められ、改札口に向って進んでくる群集は、われわれの近くまで来てその背中を見せるくらい横にそれていった。私達の前の通路を通る人は少なく、そのため、ほとんど足を踏まれるというようなことはなかった。私達は、長い時間そこで会話しながらも、人々に怪しまれることなく、したがってそのことにどんなに熱中し没頭しようとも、誰に遠慮する必要もなかった。むしろ反対に、慣れるにしたがって、周囲の状況が私達への無関心を、私達への考慮と同じ高さにまで、引締め凝結させた。それは、夜の海のように動いていて停止している部屋であった。そのオルガニズムは、人間の皮膚で塗装されているくらいに、あらゆる物を適当な場所に配置した。私達は背中を押しまげ、四つの膝の位置にしたがって、薄明りのなかに影をつくりながら、問題の「原稿」に向って鋲をさしたり、ノミを使うような恰好を示した。

私達にとって、「神」はあるのではなく、つくられるのだということは早く発見出来、証明された。またわれわれが「神」になるのでもないということは確実であった。したがって「神」とわれわれとの間に永遠はなく、むしろ精密な特別な地図が描けるならその所在を突留めることが出来ると考えたのであった。判らない点は、「神」がわれわれに類似した生物ではあるが、一個または一個以上のものであるかどうかということ及びその性別であった。然し研究が進むにつれて、

「神」は登りつめた楕円形の交叉の上に乗っていた。
私達は、物理化学的であろうとした。はじめのうち彼の唯物弁証法と称するものがたいそう役に立った。しかし間もなく行詰りが来た。彼は、天体の観測と同じように、原稿用紙の上を顕微鏡でしらべて見る必要があると言った。私は彼の弁証法に対立する移殖的綜合主義に拠っていたので、問題を一歩前進させることは出来たが、かならず訂正させられた。私は、その吟味をうまく進行させることが出来ないので、しばしば大きな困難に遭遇した。私達が推し進めていたのは、最初の肉体と精神との存在への表出であった。

どうも、不思議なことではあるが、私達は大真面目であった。私は真面目と不真面目との入りまじったところから出発したのであるが、それが、次第に苦しくなるほど、当面している現実のすべてであることが判ってきた。何かがどうかなる。即ち「神」は……気が違いつつあるのを意識するのは、怖ろしいことだ。もしも、私達の研究それ自体が誤謬《ごびゅう》に出発していたとするなら、後に戻ることが出来たであろうか？　私は、私の気が違うかも知れないという充分な理由を持っていることの自覚から、逃げ場を塞がれていた。しかし、尚も私は抵抗する。私は分析する。私は、私達の研究を完成するために、気が違う方が正しい在り方なのではないかと自問する。なぜ、私は未知なるものに向って、一歩前進しないのだ？　私は緻密な計算と絶対の考慮とをもって、それをその何れかに決断しなければならないのだ。私は、倍になって戻ってくる不安の前に立たされる。私は、もう遅過ぎるのではないか？　私は、笑おうとするけれども、頬は引き吊って動かない。――このような場合、私はそれを相手に知らせまいとして懸命に努力した。そのため顔は青くなり、額から冷たい汗が流れ落ちたと思う。

　私には、私の気が違うのは差支えないとして、彼もまた気が違いつつあるのではないかという心配があった。もしそうだとすると、誰がことの真偽をただす役割を持つであろうか？「神」の研究は途絶しても差支えないのか？　私は、彼が彼とはまったく異った何者かのマスクをかけて現れたならよいのにと思うことがあった。そうすれば黙っていて、彼の膝に手を置き、彼の鼠鳴きと哄笑とを聞くことが出来たであろう？　私は、どんな科学者でもこんな難局に置かれたことはないと思う。私は勇気を振りおこして彼の顔を見るのだが、彼の目玉はダイヤルを廻すように、その瞼との微かな摩擦の軌道の上を動いてくる。その軟体のなかに仕組まれた鈍い光沢の放射を、私は受留めて突き返そうとする。私を麻酔にかける力がそのなかにあるかどうかを見究めようとして。私はそこに何等の秘密をも釈《と》くことが出来ないが、危機は去って行く。数秒間、何事も起きてこないのだ。変化はさいわいにも停止している。

　私は、私達の研究が楽しかったとか、誠実そのものであったとかいうふうに弁明する必要は少しもないと思う。私達は、一つの穴のなかに、それぞれの鋏を突込んだ二匹の蟹のように、膝のあたりに付纏《つきまと》うある種の震えから身をもがいた。「神」の研究は、私の側にさまざまな危機をはらみながらも、尚且つ執拗に継続されなければならない状態を深めた。彼は、そうした間じゅう、

「神」に関すること以外には一切口をつぐんだ。あらゆる壜の蓋は閉められ、一つだけが自由な栓によって残されている。したがって、その間に、私が家屋敷を売払い、持物の全部を食物に代えて、アパートの一室に住むようになったことも、遠い昔の出来事と同じくらいにしか話題の対象とならなかった。彼は、彼で、すでに妻帯者であったにもかかわらず、家庭生活を親友に語りたいような工合には、語らなかった。彼は、彼のすべての背景から切り離され、忽然として地の底から湧いたような工合に私の前に現れてくるのであった。たとえば、駅の広場で彼を待っているとき、私は彼が来るのを予感することが出来た。はじめに、駅の入口の、構内の広場に向って影が現れる。その影は、入口の横に開いた空間の幅に押えられて地に這っている。そのシルエットが群集の下に隠れてしまったとき、横合いから彼が現れてくるのであった。彼は、近づき、立停り、足の下の小さい影を幾つにも踏み直した。縛ってある縄がとけて、彼の身体が短くなるように。彼の無関心は、そんな場合殆ど自動的な仕掛けのように見えた。だが、それは私の側にある不用意の瞬間としばしば一致した。

彼の無関心は、私が思いも及ばなかった立場で、私自身をかえり見なければならないところのものと関連していた。私はそうした二重の作用をどう説明してよいか判らない。それは、滅多にあることではないが、彼はある日こんなことを言った。

——僕の女房もお袋も、あなたが大嫌いなんですよ。

彼の頭には、外光を避ける短い皺が現れた。

普通の場合、これでは返答に困るものの言い方である。私達が現在置かれているような関係からすれば、尚更のこと、この言葉は不当であり、それの意味する全内容が糺明されなければならない。然し彼の場合、彼の言っていることが、彼の意識しない無関心の領域から、何かのはずみでこぼれ落ちたような工合である。彼は、そんな自然現象は意に介しないというふうに、充分間を置いて、次の主題「神」に移ろうとしているのであった。したがって、その瞬間の骨を拾う苦痛は私の役割となった。

私は、彼の妻や母親を身近《みぢ》かに知っているというわけではなかった。何度か会ったことがあるというに過ぎなかった。妻について言えば、彼女はK海岸の埋立地にある軍需工場に勤めていて夜間も忙しく、制服の一部分として紫色のベルトを持っているということが明らかなだけである。顔は丸く、眼に比例して眼鏡が大きい。母親について言えば、脚を横に出す癖があり、いつも両方の肩から荷物を降ろすような工合にして話をする、ということだけが印象的である。彼女は、息子を送り出すとき、霞んだ眼で後から押した。そうした妻と母親とに私が嫌われているとすれば、どういうところが気に入らないのであろうか？　もし私が大多数のものに嫌われているとしても、ここにだけ特別な反応があってもよくはなかったのか？　小山田澄夫が、彼自身を背景から切り離すところの、その場に私が関与しているとすれば、私は親友なのではなく悪友なのであろう。然しその場合でも、責任は二人の間にある。私が、彼の口を通して非難される根拠は、彼にも当嵌《あてはま》るのではないか？　だが、実際は、そのような論理をたどって成り立ちはしないのだ。

すべては虚構であり、そのなかに憎悪と対立とがある。そのような関係から遠ざかろうとするわれわれにとって、無関心は、正常な精神の抽象性を意味する。彼が私に一歩先んじてそれを示したのだ。そう解釈すると、彼の言葉は次のように翻訳されるのだ。

――僕はみじめですが、あなたの責任ではありません。

ところで、私の結論は、その反対になって現れる。

――僕は、君を幸福にして見せる。

私達の世界にはもはや「幸福」なぞというものは存在しない。私達は、絶壁のようなところをよじ登らなければならないのだ。その非情のはてに晒されている。私は彼の神経の異常な強健さを見守ればよいのであろう。

私は、私の半生を通じて幾人かの親友を持ったわけだが、最初の親友は、私がまだ小学校にはいらない前に現れた。私の家は、貧乏士族のはてで質屋をしていたが、金があるわけではなく、食うには困らない程度であった。私は母親にたいそう甘やかされていたので、他の子供達よりも先に珍らしい玩具を買って貰えた。乾物屋が私の家の向う側に越してきて、私はそこの私と同じくらいの歳ごろの子供と仲よしになった。私は、自分の玩具に優位を感じ、共同の遊び場所を探して夢中になっていた。大人の観察によると、その子供は私よりもずっと利口で、私が考えたよりも遥かに面白い遊び方を知っていた。その子は、さんざん私の玩具にケチをつけたあげく、「うちでは、もっと良い玩具を買って貰うのだ。」と宣言した。そこで二人は、その玩具を乱暴に取扱い、叩いたりぶっ毀したりして面白がった。おまけに、その残骸を、相手の子供が持って帰ることもあった。それにもかかわらず私達は一層仲のよい友達となった。そのため、私には新しい玩具を買って貰う期待があると同時に、家族の者からは、その馬鹿らしさ加減をさんざん冷やかされる結果となった。その印象は、揶揄された形で今日まで強く残っている。だが、これは単純なことがらのようで、なかなかそうでなく、私のその後の生活に複雑な影をなげているように思われる。

　私と小山田澄夫との関係は、そのようなものではなかったが、「嫌われている」ことのかげに、そのような馬鹿らしさが再び現れてきているのではないだろうか？　戦争とともにこの一隅のベンチに流れよった二人が、「神」によって結ばれているということがらは、一体何を意味しているのであろうか？　われわれの行動を支配している原理は彼のものなのか私のものなのか？　われわれはもっとよい「暮し」の方法を、寄生虫のように前後の見えないところで探していたのではないだろうか？　それなら現実は反対の方角に向って流れている。われわれはその現実のなかで雑誌を出し、抵抗し、砂利のように洗い出されて行くのだ。たしかに私の気が違わないのは、この矛盾の混沌としてとき難い一点にかかっていた。

「死の宿命を粉砕するエネルギーの人工培養実験に於ける主題の方法論的序説の図解」の原稿のうらのところに、私は次のように書きつけた。

――ここに世代の裂目がある。そこに落ち込んではならないのだ！

私の前には、長い夜を幾つにも刻んだように、段々があり、廊下があり、進むにしたがってその数は殖えていった。週ごとに戻ってくる駅の広場のベンチが、次第に戻ってくる廻転の速度をはやめ、私を引摺り、縛り、そこらじゅう一杯になり、私の脚にその止木《とまりぎ》を押しつけた。私は、私の住んでいたアパートの一室からこの駅の広場のベンチを結ぶ一線を、夜となく昼となく往復している者のような錯覚をおこした。そこでは、時間の観念が曖昧になり、物の形もまた変っていった。この経験から、私は小山田澄夫と私との間にあり得た関係と、「神」の研究についての文字訳の手がかりとを書き残して置こう。

ある期間の後、彼の外貌には大きな変化が現れはじめた。彼の黒くてぬらぬらした皮膚は、上等の梨の皮のように透きとおって見えはじめてきた。そのために額にかかった髪の一房がきわだって黒く見え、頬の凹みに紫色の皺をつけた。つまり、それは痔せて上品になり、精神が露出してきた顔であった。私は、彼の胃袋に食物がすくなくなり、不必要な肉体の消耗を避けようとして、不自然に硬直して動作するのを見逃すわけにはいかなかった。それは当然起り得ることであった。それから、左右の足を内に向って摺りちがわさせ、一歩だけ余計に歩を踏んで、斜に歩き出すのであった。そうすると千切れた外套の裾が悲しげに揺れる。私は、それにはいくらかの誇張があったと思う。彼は、多少とも気難しくなり、ほとんど、稀にしか笑おうとしなかった。私が、食事に誘うことがあると、彼は全然無関心になり、皿の上のパンを一口に頬張り、まったく不当なことのように、その大きな光沢のない眼で私を睨みつけた。

私には、理解の出来ないことが、ときどき起った。私と彼とが——それは判りきったことで、他の誰でもないのだが——駅の広場のベンチに腰かけているとき、一人の十七八歳の女の子が走ってきた。彼女は紺のズボンの上に白いジャケツを着て、ぼさぼさの髪をふり乱し、片一方の手をバレリーナーのように突き出して走ってきた。彼女が停った瞬間に、枝が折れて花が散ったような工合に、上半身が後に反った。彼女は、「お忘れものです！」と一口言って、新聞紙に包んだものを小山田澄夫に渡した。彼は、何か男の声とは思われない鼻にかかった声で受け答えたが、意味は私には聞きとれなかった。その最低音部のなかで、動作がはじまり、それを受取り、急に横を向いて、私の膝の上に投げ出した。私が見たのは、摺足をして群集のなかを走ってゆく彼女の後姿だけであった。しばらくして、気がついたことだが、その新聞包はなかに二冊の本がはいって居り、私が駅の構内を出たところの小さい煙草屋に置き忘れてきたものであった。然し私に理解出来ないのは、どうしてそれを、彼のものと思い、彼に渡したかということである。故意に？　それとも彼と私との間に類似がはじまり、交叉が頻繁になり、何処かで継ぎ合わされたような、見間違いがはじまったのであろうか？　然し彼女が来たのは、彼以外の誰のところへでもない。

それ以来、私は彼女の店に煙草を買いに行かないのだ。そこに私を傷《きず》つけ、私から奪うものがある。ズボンと靴との間にある踝《くるぶし》の生の色が、その上で支えている世界のなかで、私が調和しないとしても誰の責任でもないが、それをはっきりと教えてもらう必要はないであろう。

私達に外部の圧迫が、次第に身近《みぢ》かに感じられるようになったある日、彼は頭に繃帯《ほうたい》をして現れた。私が、どうしたのだと聞くと、彼は、なにたいしたことではないと言って、一方に堅い固まりとなって巻きつけられた繃帯の下から、例のヒヒヒ……という鼠笑いを出しかけて咳をした。喉のところが窮屈だったからである。よく訊きただしてみると、彼は印刷所で右翼の暴力団に襲われ、殴られたのであった。それでは対策を講じなければならないと私が言い出すと、彼は否定するように肩をすぼめて言った。

——なにたいしたことないですよ。その代り相手の紋付を破いて溝に捨ててやったから。もっとも、それでは、痛くも痒くもないですがね……

私は、相手の猛者達の在り方を知っているので、彼が口で言うほど容易なことではなかったと思うが、事はすでに済んでいるので、もし後に発展するものなら、またその時に考えればよいと思った。

都内に向って最初の空襲がはじまると、駅の附近は、焼夷弾と若干の爆弾に見舞われた。駅ではホームに火災を起し、構内にもところどころ穴があいた。それはすぐに修理されて、いちおう、駅の役割を果すようになったが、それは駅というよりも、ある種の工場に似た外観を与えるようになった。集ってくる群集にも潮流のようなリズミカルなところはなくなり、それはところどころで渦を巻き、押し合い、投げ出され、通路のいたるところで雑沓《ざっとう》した。だが、私達のベンチは依然として前の場所に残され、天井の一角に開いた穴のため斜め上からの光線をうけ、一部分が鈍く光った。

駅前の広場に、赤く焼け残った骸骨の自転車や何かの車輪などが積み重ねてあり、それがベンチのところから、急に明るくなった外光のなかで、壊れたステンド・ガラスを嵌めたように眺められた。その前が闇の暗さになり、チューブの切断された断面が、蛇のような胴体を持ち上げ、口を開けていたるところに転がっていた。人々は狭くなった通路を裂目のようにしてはいってきた。裂目はいたるところに出来、壁のなかにもあった。然し広い場所には、塵が立ち、マスクをかけた撒水夫が絶えず手押しの車で水を撒いた。そのうちでも奇妙な風景は、駅の構内のとり毀された売店のあとに、馬の繋いであるのを見たことであった。それは乗馬であることが一目でわかり、鞍が置いてあるのであった。どのような偶然からこういうことになったのかは知らないが、その栗毛の馬は、尻の方の毛の色のやや白くなったところから、きわめて自然に、白い湯気の立ちのぼるものを、ぽたりぽたりと落した。そして金色に光る尻尾の先で、尻のかわりに空間を、一段二段と段をつけて叩いた。高低のある床は黄色くなり、たちまちにして厩《うまや》の風景に変って行くのであった。馬は、首を曲げて肩のところを、柔い、縦横に動く、ゴム長の唇で擦った。

私は、馬が好きなので、この馬に小山田澄夫を乗せたならばどういう恰好になるであろうかと空想しているうちに、駅の改札口の方から、カーキ色の服をきた小さい馬丁《ばてい》のような男が近づいてきた。そして縄をとき、馬の口をとって、馬の脚の間から腰の見えるくらいの位置で、外に出て行った。

その次の週、もはやあらゆる風景——それは駅の構内で起ったのだが——に慣れてしまった私に、見事な見世物が展開された。私はあえて見世物というが、そのなかに私の役どころが、ぴったりと嵌っていたのだ。

駅は、いつものように私達の「研究」に対して準備されていた。私達のベンチの前を通る人数は少なかった。ただちがっていたのは、後の壁が落ち、皺がよって蛇腹《じゃばら》のようになったキャンバスのカーテンが張られてあることであった。それが幾つにも別れたホームから来る音のために揺れた。そして壁との間の裂目から、底の方で鉄の器材が動いているのが見られた。それは場所全体がいくらか山の中腹に置かれているような感じであった。いつものように私達二人が、次第に「神」の研究に都合のよいような雰囲気をつくり出しているとき、言いかえれば背中を丸めて土を掘っているような工合に、原稿紙に向って没頭しているとき、駅の構内が騒しくなった。私達は、酔払いや喧嘩にはさまたげられもしなければ興味も持っていなかったので、それを遠い伴奏の一部分に編入することが出来た。

だが、この場合、私はちがった音色から来る不安に頭をあげないではいられなかった。騒ぎは、構内の天井の下の一番広い場所ではじまっていたが、すでに進行の途中で、人々が四方から集りつつあった。

「そいつを捕まえろ!」と、頭のてっぺんの毛が少し薄くなった、格子縞の背広を着た男が、向うむきになって叫んだ。だが、そのときには既に二三人の野次馬が、「そいつ」らしい背広の男を引っ張って来ているときで、並んだ群集の頭がその動きをさえぎった。格子縞の男が、片一方の手で、洋服に泥のついた老人を、下から掬うようにしてわきに立たせるのが見えた。顎のとがった、瀬戸物のような光沢と曲線のある男のプロフィルに重なって、斎藤与吉の顔が現れた。それは、まぎれもない、私の十年ばかり前の親友の顔であった。

彼の声もまじって、誰かが誰かと怒鳴り合っているようだが、よくはわからない。黄色いマフラをして肩をすぼめた男と、灰色の中折帽子との間に押し合いがはじまり、後からのぞこうとする群集のために、私の正面にちょうど見頃な隙間が出来た。すると斎藤与吉が、地べたに転って、世にも奇妙な恰好をして泳いでいるではないか！　だが、彼の顔は桃色に上気し、勝ちほこったように叫んでいるのであった。

——……いいか、こういう工合に足をかけて、押したんだ！　間違って腰の骨を折っていたらどうするんだ？　逃げるって奴があるか、膝をついてあやまれ！

彼は、胸と唇に泥のついた半身をよじらせながら、仰向いて怒鳴った。それは威厳のある顔ではなかったが、正気であることは確かなので、相手の水色のネクタイをした眼骨のとび出した男が、ぴょこんと反射的におじぎをした。

何があっているのか判らないので、群集はなだれを打って集って来たが、その半分はすでに改札口の方に向って、何か落し物でもした表情で動き出していた。斎藤与吉は、彼をとり巻く群集の輪が薄くなりはじめると、それに対抗するように立ちあがって、まったく唐突に演説をはじめた。その間に、はじめの老人はいつとはなしに姿を消してしまった。もし、私がその場で彼に見つけられるなら、すべてが終りになるので、私は蔭にかくれて傍観する立場にまわった。

群集がも一ぺん集りはじめたなかで、その論旨は混乱しながらも、彼の演説は人気を博した。

——……そうです、人間を尊重しなければなりません！　諸君は人間じゃないですか⁉　そのために僕達は僕達の戦争を……

彼が、彼の実演して見せた行動の在り方を説明しはじめると、交通整理の巡査が来て、彼の腕をとらえようとした。

——ああ、ポリさんや、わが友よ、僕は共産党員ではありませんぞ！

彼は、案外あっさりとお饒舌《しゃべ》りを打切って、半信半疑の群集に背中を向けたのであった。私が、彼が駅から出て行くところを後から呼びとめると、彼は驚いた。私達の間に次の会見の約束が出来てから、私がもとの場所に戻ってくると、小山田澄夫はさっきのまま同じベンチに腰かけていた。私が斎藤のために費した時間はいくらでもなかったが、その間じゅう彼が何をしていたか、突差には思いつくことが出来なかった。

——見たかね、あの男は、僕の十年前の……

私が簡単に私と斎藤との関係と、次の約束とを説明すると、小山田澄夫はかすかに笑いかけたが、彼の眼は、はじめて、たった一度、引き裂かれたように膜の間から光った。

それは、眼尻に長い皺が出来て、両方から皮の紐で引張ったためであるかも知れない。突如として、彼の笑い声が、私の鼓膜に響いてくる、その異状な尻上りの音階の炸裂、それは獣《けもの》のなかの余力を余《のこ》さないものの声であった。彼の頬は急にげっそりと細くなり、数日剃らない髯が飛び出して植えたようになった。

　それから何日か経った夕方、私は小山田澄夫を駅の構内に待たして、喫茶店の、来客のいない二階の一室に上っていった。斎藤与吉は、格子縞の背広にちがった色のチョッキを着ていたが、それが彼の職業を判らないものにした。彼は、私よりも先に来ていて、すでに隅のところに座席を作って待っていた。

——うん、金の話なら、なんとかなるよ、二三万円もあったら足りるだろう。ついこないだまでその半分位いは持っていたんだがなあ。

　彼は、私の姓名の名前の方をさん付けにして、絶えず呼びかけながら話した。彼の顔は、陽に焼けたところと赤く熟したところとがあって、以前よりも大きく拡がって見えた。彼の話ぶりには愛嬌があったが、半分は何か他のことを考えているようであった。然し相手の気をそらさないために手を振ったり顔の向きを変えたりした。

——うん、うん、洋紙は何レンあれば宜いのだね？　ようするに洋紙さえ手に入ればいいのだろう？　よし、情報部の奴を使って、配給量を殖やすように命令してやろう。

　それから、彼は得意になって、自己批判をし、苦笑し、いまでは彼の秘密の領域にはいれない友を、残念そうに見据えるのであった。

私達の会見は短《みじ》かかったが、彼の側には話したいことが一杯にあった。彼は、自分で農具や地下足袋をかかえ込んで、メシヤのように農村に売りに行く話をした。割符《わりふ》を持っているからね、とも言った。それから、どうして今は金がないかということの説明に、北海道から来た男に、魚網の買占めをする資金を頼まれて貸してやったのが間違いで、どうやら持ち逃げされたらしいということを、つけ足した。

——ときに、君、すこし金がないかね? 宇都宮まで行く旅費が足りないんで……馬鹿な話さ!

彼の話は逆転して、私の方が頼まれる立場となった。

私が率直に、金を持っていないと答えると、彼は、いまの話は「水に流す」「水に流す」とひどく都合の悪そうな弁明をして、金はきっと作るから待っていて呉れと言った。彼は太くて濃い眉毛を八の字によせると、机の上の勘定書をひったくるように取って立ち上った。

私が得たものは結局のところ、情報局の某氏に宛てた紹介状だけであった。私達は逆様に落ちそうなほど急な階段を、股を開いて不規則にぶっつかり合いながら降りて行った。彼は私の肩に手を置いたのだが、私は、彼が外国の男のように私の頬に接吻するのではないかと思って、一気に飛び降りた。

外ではまだうすら寒い三月の風が吹いていた。私は、駅の構内の天井のあたりから降りてきたような気がしていたので、小山田澄夫の後姿をどっちの方角から見たのか判らなかった。私がそばまで行くと並んで歩き出した。彼は、前を向いたまま横を向かないので、何にも話し出さないのだと私が思っていると、不意に立停った。あたりは既に暗く、灰色の群集の波が通り過ぎた。

——何処か通夜に行きましょう。

彼は、ぶすりと突き刺すように言った。

——え!?

私はびっくりしてきき返した。

——あなたに偉い伯父さんか何かがあって、お通夜の晩だとしますね、そこに僕達の雑誌を持っていって売るんですよ!

私は、輪郭のないところから聞こえてくる彼の言葉を受留めて、身体をゆすぶりながら答えた。

——なるほど、そりゃあうまい考えだ。だが僕には偉い伯父さんもいないし、誰もまだ死んじゃあいないんだ。

私達は笑わなかった。私は、笑った方が良いような気がしたが笑わなかった。すると、彼は後から来る群集を肩で押し返すような恰好になって言った。

——では、僕達のどちらかではいけませんか?

私は、その場に石のように固くなった。

私が見たのは、きっと身を翻して反対の方向に大股で歩いてゆく彼の後姿であった。

転形期における言葉の任務

今日、われわれの戦線はたいそう長いものとなった。端から端にまで到るには、多大の日数、または幾つかの世代を必要とするほどである。で、その戦線の何処で間違いが起っているかを理解することは困難である。

今日、われわれのいるところは広場と称されている。そこではわけの判らないことも、話の通じないこともない筈である。また戦線の長さを短縮する意味での円周がある筈である。だがすべては筈であって、その実体を理解することは、眼の前に区切りの縄が張ってあり、各個人は背中合わせにしか立っていないという現実に行き当ることである。かろうじてあるものは、概念の色別けであり幾つかのレッテルの指標である。これではどうやら収容されている形に似ていて、突撃する態勢にはなっていない。

そこで、この広場の詩人的気質に作用するものの一つは、広場よりも以上の広場に行きたいということである。そんなところがあるかどうかは知らないが、矛盾の統一のさせ方のなかに一方をもって一方を切るという方法が生れてくる。政治と文学との関係に比重を生じたのもそれであろう。すなわち現実にない状態に対してノスタルジアを持つことは自由だ。またそのノスタルジアを現実だと思い込むことも自由だ。ただし詩人が孤独と称しているあの自由について言うならば、仏陀の掌の外には飛べない孫悟空のように、広場の縄張りの外には飛べない。

ところで、誰にしても、たち返るもとの生活の巣がなくなっているところに広場の特長がある。たとえ古い巣を担いで来たものも、巣の外に出なければ用が足りない。つまり方位の失踪、新しい場所探しだ。即ちそれが広場なのだが、環境への適応と秩序の統一とを求める整理の方法は、広場の自由よりも、強力であることが出来ない。広場の自由とは、外からわれわれの行動半径を規定してきたところの今日の歴史的現実である。だから人はいたるところで壁にぶっつかるのだ。人は一つの地点から、他の地点を展望することが出来ないのだ。わずかに自己の周辺を見ることが出来るだけである。そこで人は情勢探知主義となり反射的となる。一方ではどんな重大な出来事に対しても全然反応しないか、ノロノロと反応するに過ぎないかするのに、他方では針ほどのことを棒ほどに大きくして跳びあがる。それ以外に、その限りでは自己を防衛する方法がないのだ。

そこで、デホルマションは創作上の方法であるよりも前に、現実のなかに呼び込まれているものなのだ。これをどのように料理するかは、広場の統一を目指す技術と、即ち戦略戦術と一致しなければならない。部分を全体に擦りかえることによっては、即ち方法上の造型主義では、前進する未来がないばかりか、壁に突き当る。政治と文学との関係に集約されてくる疑問の多くが、ひいては創作方法の問題に関連してくるものなのだが、政治と言い文学と言う概念から解放されて、広場の実体から始められる必要がある。そのとき、民主主義文学運動の組織と指導力という重大な課題が合わせて考えられるのだ。

もはや、世代の溝を見落すようなことはあるまい。それは戦争通過のあり方と年齢とによって大別されるが、われわれの広場の無数の切断と囲いとによってさらに細別されている。それは時間的にも空間的にも作用されるが、ちょうど俎板の上に乗せられた獲物を截断《せつだん》していく自働式刃物の残していった刃形のようなものである。転形期の速度は早い。世代は生長しなければならない。その不連続性のなかに連続性を見出すことが出来ないとするなら統一に向っての指導力の失墜である。指導力の失墜はセクト主義への偏行となって現われる。世代の溝がその原因だとばかりは言えないが、われわれの広場を困難ならしめているカオスの状態が想像され得るであろう。

そこに、経験の相違と、共通の経験への課題とはあるが、異常なる経験はまだ生れて来ない。異常なる経験とは個性とか体質とか言う言葉によって平たくされ得るものではない。むしろその反対だ。それは自己変革の歴史が、まったく新しい異質な世界にはいって行くときに経験されるものなのである。組織及び指導力、人間及び人間の配置にあるものだと考えられるようなところでは、偉大なるロマンは生れて来ない。それは平たい意味でまったく非文学的なのである。組織及び指導力は、部分が全体に達するときに、全体が部分に行きわたるときに、社会的現実として完全な拠点を持つのである。組織及び指導力はいまあるのではなく、これからあるために、準備されつつあるものの母胎としてあるのである。もしも総ての人間がその内面の世界で組織及び指導力そのものでないならば、そうしたエネルギーを引き出してくる場所はない。革命という奇蹟は起こらない。そしてその代りにはびこるものが常識及び慣習である。まったく個人的な常識は、本能のさまざまな段階に転化される。そして浮泳体のように、無組織を目指して遍歴を始めるであろう。

わかり易い言葉を使うのも、わかり憎い言葉を使うのも、われわれの創作方法上の問題だ。自由が、あべこべに、失われた睾丸のように何処かにはいり込んでいるヘルニヤ的徴候は、われわれの広場の未開を意味する。われわれの広場は、多くの点に於て原始社会の広場に対比して考えられる。たしかに綜合的にしかその生活と文明とを打ち建て得ない条件に於て類似してはいるが、その規模に於てその生産技術の豊富さに於て比較にならない。原始社会の広場は定着しているがわれわれの広場は変貌する。そこで広場を広場たらしめている統一の手段と目的とは、その構成各個人に割当てられるが未開の程度はそれぞれ相反する達成に向ってほぼ五分五分である。一方にあるタブーと他方にある常識との非論理的深さから這い上ることは困難である。もしも原始と現代との間に横たわっている近代というものが充分考慮に入れられないなら、われわれの広場は、その矛盾、そのグロテスクな面貌、その自虐の姿を明《あきらか》にし得ないであろう。そしてまた原始から学びとるところのものも少いのだ。

民主主義文学は広場の統一の文学である。統一への条件は、統一しないでは壊滅するばかりだということのなかにもあるが、経験を共通にする以外には何ものも持っていない無産階級の増大強化のなかにある。だがそれらは抵抗のない条件ではない。階級分化の進行が激烈になるに従って、ここに落ちてくる新しい人民群は増大し、これを支え同化する力が階級にないならば、それらの人民群は、古いものの残り滓《かす》を手引として、半近代的封建制のなかへ押し返《かえ》される。いずれにしてもはいりきれるものではない。そのうえ、この国の植民地化は、労働不安を醸成し一般大衆をルンペン化する。ルンペン的性格は、熱し易く冷め易く、次第に無気力となる。これらの条件は、群集心理の一般支配となり、無産階級のイデオロギーを弱めこれを健康な状態に置かない。そこで、広場の統一は国民総ケッ起によってなされなければならないのである。この困難な状態は危機をはらんでいる状態である。このとき、未来への展望として民主主義文学者の責任が問われるとするなら、先ず文学そのものの責任に触れて置く必要があろう。

この問題を解くには、すこしばかり戦前にまでさかのぼって置くことが便宜である。今日、文学においての新しい内容は、広場の全体、広場の全戦線と取組むことのなかから始められなければならないが、戦前においてその関係はどうなっていたであろうか？　その関係はもっと単純であった。社会主義リアリズム生育の可能性はあったが、プロレタリヤ文学が、上部機構のなかにもぐり込むか、全然埋没するか、二者択一を迫られるほど単純であった。で、どのようなことが、文学においてなされなければならなかったのか？　新しい文学の既成文壇への抵抗である。これがなければならなかった。その抵抗を有利に導くための文学ジャンル芸術ジャンルの破壊これが重要な眼目である。これは新しい内容を広場にぶちまけ、そこで解決出来る広場への準備である。広場に文化のはらわたを詰め込む運動である。そのような運動が活発になされたであろうか？この国の民主主義運動のおくれは綜合文化運動のおくれであった。

　シャンソンとパントマイムとを両極に置く言葉の自由は、余りにも単純な機械的文学意識のためにそれ自らを伝わってしまった［『講座現代詩Ⅱ』（飯塚書店、一九五六年十二月）では「伝わってしまった」は「無感動にした」とある］。欲すると欲しないとにかかわらず、職能的専門家支配の封建主義防衛の手先となった文学が、飼い殺しとされるのは当然なことである。問題は文学者が協力し合ったならばと言うことにあるのではなく、対立し合わなかったということのなかにあるのだ。その対立のカナメは、伝統の継承と断絶とを、あいまいにではなく、はっきりとさせることにあるのだ。それによって次の結論を導き出すことができる。抵抗の役割は近代主義《モダニズム》のなかで簡単に御都合主義となり、文学の自立性となり、前衛（アバンギャルド）なしの進歩的文学においては転向と挫折となった。

　戦争は自然現象ではない。社会的現実である。その現実を分析理解することが出来ないで、その現実の到来に対し長期にわたる準備なくして、戦争に反対するとして反対の目的を達するものではない。芸術革命は、主題をめぐって相対立するにとどまらず、その革命の火を、あらゆるジャンルに点火することによって、ジャンルそのものを破壊し、封建制の根を刈り取り、この国の歴史的特殊性を一般的なものとし、共通な場にある大衆をつくり出すのだ。即ち大衆を紐つきから解放するのである。文学においての流行《モード》は、しばしば大衆の意味を曖昧にしている。文学においての流行《モード》は、その傾向の左右を問わず、全然大衆の意志に反してさえ成立ち得る仕組になっているのだ。まず大衆をつくり出すことがなされなければならない。その意味に於て、戦前の文学に何ほどかの集積があったにせよ、戦争責任を担い得るほどのものはなかった。

　戦争がもたらしたも一つの敗北は、われわれの、広場の混乱である。文学について言うならば、戦前の状態から何ほどか立直ったかという疑問である。それはもはやカオスと言えるようなものではなく、ゴタゴタであり、どうどう繞《めぐ》りではなかろうか？　問題がいちおう出尽くしたところで壁に突き当るのは時代閉鎖の徴候である。民主主義文学は、われわれの広場を統一する困難な役割を背負って今こそ登場しなければならないのである。論争は深められなければならない。その深める方法を創作方法とするところのものがアバンギャルドの運動である。形式主義の相違点における相違を破壊することによって、それはあらゆる形式を採用し、表現の多様性に於てリアリズムの形式（或いはその仮装）を否定する。アバンギャルドが、もっとも激しくリアリズムに対立したときに、文学芸術は統一の出口を発見する。論争は肉体をとおして大衆のなかで決定されるように導かれなければならない。実際のともなわない処では、総てが徒労でありムダであり、ゴタゴタに加えるにウンザリである。

　言葉の自由は、言葉の最大公約数を得ることではなく、ナマな言葉を摑み出すことである。対立の条件のない場合には、作家は対立の条件を自分の内面世界でつくり出さなければならない。それはゴタゴタの終末に対して息吹きを送るものであり、われわれの広場をその沈滞疲労から救い出す行動への準備である。ナマな言葉は、単純素朴、わかり易く、直接的であることを唯一の武器とするような芸のないものではなく、物質変化の細部に纏《まと》いつき、もつれの糸を引き戻す、そのようにもっともよく鍛錬された、道具の備わった言葉なのである。最短期間に最大鍛錬をほどこされ得る条件を持つ大衆が、革命の言葉を体得する。

革命とは、案外血みどろなものではなく、開かない扉を反対側にむかって鍵を使ってさっと開けるような仕事でもあるのだ。われわれの当面している壁は、ナマな言葉の妖術さえあれば、消えてなくなってしまうようなものかも知れないのだ。そこに、動物の暗さに対して、言葉を持つ人間の明るさがある筈である。鉄柵のまえで日に何百マイルかを往復する熊は、ただその最悪の条件に反射しているに過ぎないのである。自然発生的な言葉、本能の形式をとる常識の非論理性は、われわれの広場を檻として以外には使用出来ないのである。そのうえ、檻のなかでの功利主義さえあるのだ。そんなところに、組織や指導があったところで、混乱を増す以外に何の役に立とう。ところが実際には、行きつ戻りつ、批判、再批判、ナマな言葉、統一を妨げている原因、出口が発見出来ないのである。その見透しなく、障害物をめぐって、割ったり、割りかえしたりする運動は、出発点に戻る。熊が踏み出す最初の一歩だ。鉄柵の前の風景、情勢は変っている。これを詩に限って言うならば、近代主義の克服と詩の位置づけである。詩は民主主義文学の中央にもっとも展望の利くところに押し出されなければならない。言葉の自由がもたらす、満載されたボキャボラリーの車輛が、すべての戦いの補給源とならなければならない。詩のことは詩で解決出来るとする萎縮退嬰《たいえい》した考え方は、近代の科学分科主義と封建制とに二股かけて退却するものである。それは広場の統一を、その必然性においてさえ、反応することの出来ない言葉の虫である。詩人であることがその人のイマージュ枯渇の原因であるような詩人は、何をしたらよいのか？

「詩」を破壊すべきである。壁をぶち破る何かに民族のエネルギーの総力が結集されなければならない。

トロツキズム、紋切型について

啓蒙は新鮮且《か》つ実情に即するものとして行われなければならない。そうでないと、紋切型反応が抗素となり、情熱を迂回させ、偽装された現実だけが後に残ることになる。

たとえば「作家は人民に奉仕する」などと言えば、それは紋切型である。だがそれは紋切型と言って片づけられるようなツマラヌ紋切型ではない。紋切型はダイアモンドと蝦蟇《がま》のように口のなかから生れてくるばかりではなく、耳のなかを這いずり廻るものなのである。つまり、それは、誰が紋切型に仕上げたかということなのだ。それを渡す側と受け取る側との間にある相対的、人間関係の微妙な接触、ゼスチュアー、媒介によって紋切型ともなれば、そうでないものともなる。もっとも石頭による紋切型もあるが、紋切型を紋切型として置くことは双方の或いは誰かの責任回避である。なぜなら紋切型は緊急を要する場合の障碍物であり逆効果を——遅滞、冷却、放恣《ほうし》、穿鑿《せんさく》、悪意に満ちた解釈をもたらす元となるものだからである。したがって紋切型が誰の頭のなかに巣喰おうとも、それが切開するに困難な肉腫とならないまえに、治療されなければならない。それは紋切型の分析である。

われわれの外部、状況の多様性が克服されていない場合には、それの抽象化、集約、結語は紋切型報告となる可能性を多分に持っている。問題は現実そのものにあり、それの反映としての論理が紋切型の内部で形式化し機能の関連性を失っているかどうかということにかかってくるのだ。したがって孤立した個人は、集団の連繋のなかにあっても孤立した個人であり、状況の多様性が一時的に克服されている場合ですら、即ち抽象と統一とが必要な場合ですら、分裂と崩壊、イチかバチかの危機に晒されている。彼らは期せずして具体的という名目のなかに転落するのだ。彼らは出口と入口との間にはさまれて上下動する輪のように、その亀裂の痛みを軸としてもらいたいと願うのである。だが、「孤立」と言っても完全な「孤立」はあるものでなく、「孤立」という言葉自体には誤謬《ごびゅう》が含まれ易い。ただそのような階層のなかにインテリゲンチャをも含めて多くの大衆があることを、客観的状況のなかで計量しなければならないであろう。ここに当てはめてもよい言葉は、「理論と実践」という紋切型である。なぜ敢て紋切型と言うか。理論と実践とが交わる条件を欠いているところで「理論と実践」から行動の指針を求めることは、一般的には千古不易と言ってもよいほど正しいが、具体的にはそれだからこそ反撥し、無関心を助長し、意欲消耗の淵をドウドウめぐりさせることになるのだ。そのような紋切型の表現の内部が、多様性の統一ではなく、統一の多様性を、政治的現実のいくらでも精密になりうる可能性の描写として、含んでいるなら、それがどうして自ら選ばざる押しつけ、または裁きの限界にとどまることになろう。したがって啓蒙は、甲にとって切実な要請として、また不用意な割符として発行された場合、乙にとってまったく動きのとれない紋切型として受取られることがある。またその逆の場合は、集団の利益とならないばかりか、普遍妥当性の私有となり、その財産争いという分裂主義、そのような成行を招くことになる。社会は作られるものだが、歴史は慾深い男の欠伸《あくび》からは誕生しないものだ。一切の進行形が止まった瞬間、馬から落ちるための馬術、畳の上の水練は、その条件反射の拠りどころを失い、内部に倫理的問題をいっぱいに抱え込む。もはや、多様性とか主体性とか言えたものではなく、複雑、怪奇、陰謀、セクト主義、オートメーション、第二次的原理性の林のような併存という、エコールをも含めての総括しての頽廃と取組まなければならない。ここで口ぎたなく何をもって、何を罵ろうとも、また深刻を装うとも、どうして役があろう。すべては打倒すべき「自由」に類似している「自由」の行使という、非唯物的課題になるではないか。

ここで後戻りする必要はないが、樺《かんば》さんの死は、中国流に言えば「民族の英雄」だそうだが、それは紋切型に響かないか。死は「自由」に選ばれることの出来ないものだが、それでも尚それ自体が紋切型に響かないか。もしもそこに、「解放」という二字を挿入するならば、それはわれわれのなかに別な実感をかき立てるであろう。その相違こそ、紋切型の背後にあって揺れ動いているもの、変化するもの、或いは硬化しているもの、それぞれを感知伝達しうるものの、或いはしえないものの、黙契《もっけい》の証として役立つであろう。フルシチョフがウィーンでのケネディとの会談で「カストロは共産主義者ではない」と言っているのは、原理性と具体性との絡み合う地点に於て、その現実的ニュアンスを、秩序として、複雑さの克服として摑んでいることの証拠ではなかろうか。ところで、「お前はトロツキストだ。」「それがどうしたんだ。」というようなヤリトリを巷で聞くことの出来る日本は、紋切型の下積みとしての経験以外に、どのような啓蒙を、どのような説得の可能性を、名誉の分け前として、信じようとするのであろう。勿論それは左傾した陣営内での話だ。

紋切型は、しばしば自明の理に包まれている。自明の理ほど包擁力のある、不死身なものはないからだ。だが、自明の理は分析の出来ないものだと思うのは間違いである。たとえば「腹が減ったから飯を食う」は、どうしようもない自明の理であるけれども、それはやっと結節点を見た人間意識の測定確認の場所としてあげられているのだ。その自明の理は、地下に根を張っているものであり、多種多様な前提のもとにあり、それから先にある「食い方」の問題もまた一様ではない。われわれの生活の底辺は、その自明の理よりも更に深いところに求めなければ具体的ではないのである。

「勿論この種の啓蒙的、教訓的事業は陰謀に対してそれ自身を七重にも護らねばならず、煽動政治の如何なる形式や合言葉からもそれ自身を純潔に保たねばならぬ。」(無産者文化論)――これは紋切型の犠牲であるか、紋切型の張本人であるか、そのいずれであるにせよ、日本的には最大限に大物になりつつあるところの故トロツキーのかつての言葉として興味があるのである。革命家としての彼の分け前が、余りにも僅少、むしろゼロの分け前であったことは驚くばかりである。

したがってわれわれトロツキーを通り過ぎ去った者まで、再びこの魔法の証人台にまで立たされるかもしれないということが起っているのだ。これは誇張ではなく、一方にレージャーあり、一方にトロツキーありと言ったところだ。

ところで、文学上のトロツキストだの、芸術上のトロツキストだのありうるものだろうか。もしありうるとしたならそれはどのような性格のものであろう。「自明の理」は飽《あく》まで「自明の理」であり、演繹帰納《えんえききのう》は飽まで演繹帰納であり、だからと言って論理がそれ自体の方法によらずして結論を出すということはありえないのだ。そこで複雑さの絶対の克服が必要となる。論理はただ当てはめられるのではなくして、それの機能を、それを使用するものの、かつて流行した「自己批判」（甚だやり直し的）とやらを思い出すが、豊富なイマージュで滑りよくされて使われなければならないのだ。またその逆に論理ばやりという理窟つける習慣的浪費、すべり過ぎもありえて、状況の複雑さに比例して、それを克服することの困難を、おしゃべりとともに増大させる。そこには野次、嘲笑、無責任も含まれる。したがってある場合には「トロツキスト」とキメつけられるのは名誉であり、ある場合には「トロツキスト」とキメつけられるのは屈辱であるということがらが出てくる。二者いずれを選ぶべきであるか。このシーソー・ゲームが全体としての思想的後退または頽廃であること勿論である。そして、それは紋切型の問題なのだ。現代の「罪と罰」とが新《あた》らしく描きえられるのであろう。

　ここには、ものすごく陥没した精神の弛緩がある。それこそ革命自体の危機感を切迫したものとして誰かの胸に焼きつけるのだ。胸の胸へか、胸の片割れへか、それはあえて問うところではない。トロツキーが、そのようなものを前の世でどう経験したかと、問われるなら、地獄の鬼も笑うだろう。これはアレゴリーのなかでのアレゴリーであり、アイロニーのなかのアイロニー、歌のなかの歌である。トロツキーは革命のすべてであり、その挽碓《ひきうす》のなかから駒が躍り出すほど、ついでに階級の利益もかけて、生命創造の指揮棒をふるった。たしかに、それは歴史の発展の法則と同じものであるかに見えた。

「今世紀の始、革命前期の小波、勝利を齎《もた》らさなかった第一次革命、緊張はしていても反動革命の不安定な平衡、戦争の噴火、三月革命の序曲、十月革命のドラマ――これらはすべて知識階級にとって傷ましくも苦しいものであった。それは衝牆車の如く彼等の意識をしばしば衝撃した。

この事実と同化し、この事実を描き出し、そのために表現の言葉を発見することが何として出来得ようぞ、われわれはたしかにブロックの『十二』を読み、マヤコフスキーの作品を幾つか読んだにはちがいない。しかし、それは謙遜な手附金に似た何物かではあったにせよ、歴史の勘定ではない。芸術は――大なる時代の当初に於ては常にそうであるように、――ぞっとするような孤立無援を暴露した。……」（文学と革命）――これは題名の文学論の冒頭の部分である。トロツキーの文章は、読むに従ってブルドーザーのような圧力を加えてくるが、同時に如露《じょろ》の水撒きのような繊細な配慮もまた随所に隠されていることがわかる。才気喚発、鋭利、骨を刺すもの、アジとリリシズム、これを要するに秀才文学派の頂点を行くものと解すべきであろうか。感銘は一時的であり、炸裂は迅速、後に問題を残さない。だがくり返し検討してみると、彼の華々しく見えるものは、実は中味の単調を意味し、スタイリストの問題意識のコントロールに通ずる楽な手段があったのではないかと思う。それは何か？

いわゆる「左翼」敗北主義、裏切、反動の罪は、彼のまだ堪えうる呵責の部類に属するかもしれない。彼は彼の良心の苦痛に於て骸骨の身を横たえるかもしれない。だが紋切型の罪についてはどうであろう？　死者は立ちあがり、鬼の拳骨《げんこつ》にひっくり返り、筋のない骨に、どのような旋律を鋳込むであろうか。昨日の泥棒のために今日吼える犬が馬鹿犬であるように、記憶は何の役にも立たないことを知るであろうか？　では慟哭もないのか？　これが今日トロツキズムの核心にあるところの、悪魔払いの呪咀――永遠の何かなのだ。しかも今日われわれは永遠の何か、平和共存、独立、自由、制空権等々をめぐって一九六一年の課題に臨んでいる。シュールリアリストも含めての抽象派、意見派、スローガン派、教訓等々は、転形期のカーブを地表に向かって切るはずだが、それはどのような事実に相遇《ママ》し、どのような事実を支配し、どのような何かを確立するであろうか？　まさか、それは、曲がったままの、羽の折れたままの、事物ではない事実の輪郭なき容積ではないであろう。闘争のない共存、矛盾のない本質はありえないように、相互に切り刻み、否定し合うことによってのみ到達しうる「平和」への道が、同時に危険な道であることも、精神と肉体との二途かけて感知したところのものである。だが籤は引かれねばならぬ。――抽象は紋切型であり、具象もまた紋切型である。その格闘を通してのみ現代の窓は開かれる。これは理想主義者だけの課題にとどまるのか、それとも？　トロツキーは、当時のイマジニスト、未来派、神秘主義者達に対しては余すところなく攻撃の矢を向けたが、それは弁証法的であったというより、設定された労働者の眼の印象批評であったという方が適当である。総じて彼の批評は眼光紙背に徹《てつ》するものであるが、その「背」は幾つもあるのではなく、皮綴であるかボール紙であるかまたは手の平であるかという程度のもので、流動する表面の起伏にも断続にも尺度となりうるためには「仮説」であるに止まった。それから書かれていないものについて言うなら、芸術発展の法則があり、ジャンルの問題があり、創作方法、表現（形式と内容）等々、そして当然一括され易い文化内容のプロ的ブル的色分けに際しての分析の不十分さがある。さきに粘着力の不足と考えられたところのものは、実はスピードで隠され、苛立ちの炎で焼きつけられた天然色まがいの色つけであったと判る。だが、それは、動機と省察の純粋さに於ても、芸術的センスに於ても、稀にみる天才の産物であったと称してよいだろう。

もしもトロツキズムがマルキシズムのあだ花として散ったのなら、まだよかったのに、時代的へだたりは益々彼を大物として、予測せざる紋切型の貨車に彼を詰め込んだ。「トロツキーに属するものは反革命である。」と。では、本革命は反革命を製造しているのか。啓蒙の範囲が増大するにつれ、最終的段階になればなるほど、紋切型の肥大と機能障害も増大する。マスコミと輿論とを区別することは、烏の雌雄を問うようなものとなる。左翼の思想的指導力の失墜は、左翼骨董趣味を呼び、政治主義を空廻りさせ、なんだかたいへんブルジョワ的なのと似ているエネルギー蓄積競争となる。そして前面に出る貫通道路を欠く場所では、批判のための批判、絶望のための絶望が叫《さ》けばれるのだ。

火事や何処け
東のほう　首吊り松
牛の睾丸《きんたま》焼けたい

牛の睾丸と議事堂とを間違えるものはないが、大衆にとって騒然たるものが唯一の頼みの綱となっている場合がある。その場合、「政治と文学」との関係がかかわるものは、「政治」とか「文学」とかいう独立したものがあるという前提と、かかわり方が、それ自体「政治主義」であり、「文学主義」であり、実情に沿わないものであるということである。われわれは「政治と文学」論議にあきあきしているのだが、この御隠居さん論議には二つの誤謬《ごびゅう》がある。その一つは始めから「自明の理」が忘れられているということであり、その次は「自明の理」を土台にして紋切型が乗っているということである。そのような誤謬の重なりは、政治と文学を引き離し、抽象と具象を引き離し、理論と行動を引き離し、手と足とを引き離し、雑多、多様性、不統一を謳《うた》うことになる。一体そこからどんな御利益を望んでいるのかということになると、中傷、誇示、左翼官僚主義、権謀術策、徒弟制度の温存による「平和」以外にないだろう。

ところで、トロツキーは何処まで責任を負えばよいのか？　学生、サラリーマン、インテリゲンチャと称する社会構成の中間層に属する者の侵す罪のすべてをか？　それともテロリストのそれをか？　いずれであっても彼のイデオロギー闘争が、労働者のなかで終らないで、亡命先の安楽椅子の上で終ったということは、今世紀の革命の皮肉な挨拶であり、来たるべき「平和か戦争」への分岐点に向かって、何が更に附け加えられなければならないか、すでに、たえず、紋切型化するものへの、新たなる照明（啓蒙）を必要とするか、どうか、そんなことを暗示しているように思う。なぜなら革命は全部であり、「理論と実践」とが完結されなければならない場所だからである。

革命が遠ざかったのではない。紋切型による時代閉鎖が強化されればされるほど、アバンギャルドの仕事は手いっぱいとなってくるのだ。これは流派ではない。なにものの敵でもない。歴史そのものを開花させるための先発隊である。

中野秀人略年譜

一八九八年　〇歳
五月十七日、福岡市西町に生まれる。父・中野泰次郎、母・トラ。兄はのち政治家となる正剛。
一九〇五年　七歳
当仁小学校入学。
一九〇八年　十歳
福岡師範附属小学校高等科進学。
一九一〇年　十二歳
一家で東京に転居。
一九一一年　十三歳
青山学院附属中学校入学。
一九一六年　十八歳
慶応義塾大学高等予科入学。
一九一八年　二十歳
早稲田大学高等予科編入。
一九一九年　二十一歳
早稲田大学政治経済学部政治学科入学。
一九二〇年　二十二歳
九月、「文章世界」の懸賞当選論文として「第四階級の文学」を発表、労働者文学を定義して名を知らせる。
「東方時論」にも批評を寄稿する。
上海、ハルピンを経て、入露を試みるも断念し帰国する。
一九二一年　二十三歳
早稲田大学を中退し、国民新聞東京本社政治部入社。
一九二二年　二十四歳
朝日新聞東京本社連絡部入社。
翌年にかけて「詩聖」に毎月詩評を連載して、既成文壇に論争を挑む。
一九二三年　二十五歳

朝日新聞連絡部から文芸部にうつり、演劇批評、文芸批評を執筆する。
一九二四年　二十六歳
「日本詩人」や「詩と版画」をはじめとする各誌に詩や批評を盛んに発表し始める。
一九二五年　二十七歳
朝日新聞退社（嘱託となる）。
新劇俳優の花柳はるみと劇団「戸をたたく座」創立（翌年解散）。
一九二六年　二十八歳
九州日報論説部員になる。
ヨーロッパ遊学のため、英国へ旅立つ。
一九二七年　二十九歳
ロンドンを中心に絵画、文学の芸術活動を行い、日本の新聞等にも通信を送る。
一九三一年　三十三歳
フェリシタ・マリア・マグダレーナとパリで結婚。帰国。十一月、長女マリア・デル・カルメン誕生。
六月、「ゼームス・ジョイス論」を「新潮」に発表。
一九三二年　三十四歳
「中野秀人滞欧作品洋画展覧会」を銀座で開催。この後、東京や福岡でたびたび洋画の個展を開催する。
フェリシタと離婚。
一九三五年　三十七歳
四月、「日本詩」に「高村光太郎論」を発表し、交友のあった詩人を徹底批判する。
砧村にアトリエを開く。
十月、藪田義雄、大木惇夫、村松正俊らと「エクリバン」創刊。創刊号に「ジョイス、ジイド、デュアメル論」を発表。代表作となる「真田幸村論」（一九三六年一月）のほか、毎号に、批評、詩、戯曲、翻訳を精力的に発表し、装幀も手掛ける。

一九三六年　三十八歳
十二月、「エクリバン」十四号で廃刊。
一九三八年　四十歳
七月、詩集『聖歌隊』を帝国教育会出版部から発行。
九州日報従軍記者として中国に渡航。翌年にかけて、戦下の中国各地の様子をルポルタージュで伝える。
一九三九年　四十一歳
『聖歌隊』が第五回文芸汎論詩集賞受賞。
八月、童話集『黄色い虹』を童話春秋社から発行。
九州日報論説委員を辞任。
一九四〇年　四十二歳
花田清輝と〈文化再出発の会〉を発足、一月「文化組織」を創刊して執筆、装幀、編集、販売のあらゆる仕事に従事する。また主催講座で講演を行う。
十一月、詩集『聖歌隊』を〈文化再出発の会〉から再刊。
一九四一年　四十三歳
江浜静枝と結婚
十二月、批評集『中野秀人散文自選集』を〈文化再出発の会〉から魚鱗叢書として発行。
一九四二年　四十四歳
二月、長男和泉誕生。
画集『中野秀人画集・画論』を〈文化再出発の会〉から発行。
一九四三年　四十五歳
〈文化再出発の会〉が言論出版等臨時取締法により解散、十月「文化組織」四十二号で終刊。
十月二十七日、兄で政治家の中野正剛が自殺。
一九四五年　四十七歳
甥の達彦、泰雄らが花田清輝と共に、我観社から「我観」（のち「真善美」）を復刊。寄稿する。
静枝と離婚。

一九四七年　四十九歳
我観社を真善美社とあらため、書籍の発行のほか、〈綜合文化協会〉を組織し、「綜合文化」発行。秀人も参加する。
一九四八年　五十歳
一月、長編小説『精霊の家』を真善美社より発行。
十一月、内田巌、粟井家男らと「復活」創刊。〈日本美術会（民主主義美術家連盟）〉、〈前衛美術会〉に加入。
渡部シゲと結婚。
一九四九年　五十一歳
〈新日本文学会〉入会、以降「新日本文学」に詩や小説、批評を発表する。
日本共産党入党。
一九五〇年　五十二歳
〈砧芸術会〉を創立、翌年「プレパレ」創刊。画家や映画関係者が集う。また砧のアトリエに一時、マッカーサー書簡で追放された徳田球一をかくまう。
一九五五年　五十七歳
十一月、花田清輝らの編集による『日本抵抗文学選』（三一書房）に小説「凱旋」が収録される。
一九五六年　五十八歳
六月号から翌年にかけて「現代詩」の編集長を務める。
一九五七年　五十九歳
日本炭鉱労働組合の招きで北海道の炭鉱十五か所を三カ月にわたり訪問。「新日本文学」や「アカハタ」に報告を掲載する。
『講座現代詩』（飯塚書店）に批評「転形期における言葉の任務」「詩と絵」を収録。
一九五八年　六十歳
「月刊炭労」や「みいけ」等で詩の選を務める。
一九五九年　六十一歳

「新日本文学」誌上サークル誌評（「サークルの鉱脈」）を連載する。
一九六一年　六十三歳
日本共産党脱退。
一九六二年　六十四歳
「炭労新聞」で詩の選を務める。
映画「充たされた生活」（監督羽仁進）出演。
一九六五年　六十七歳
渋谷道玄坂・風月堂画廊で「中野秀人・近作洋画個展」を開催。最後の個展となる。
一九六六年
五月十三日、逝去。

＊年譜は次の文献を参考に作成しました
中野和泉「中野秀人略年譜」『中野秀人全詩集』一九六八年五月
篠原敏昭「中野秀人著作目録」「駒澤大学外国語論集」二〇〇六年九月

＊中野秀人著書（単著）
『聖歌隊』帝国教育会出版部、一九三八年七月
『黄色い虹』童話春秋社、一九三九年八月
『聖歌隊』文化再出発の会、一九四〇年十一月
『中野秀人散文自選集』（魚鱗叢書3）文化再出発の会、一九四一年十二月
『中野秀人画集・画論』文化再出発の会、一九四二年
『精霊の家』真善美社、一九四八年一月
『中野秀人全詩集』思潮社（岡本潤、長谷川四郎、花田清輝、関根弘編）一九六八年五月

出典

本著作集収録の出典は以下の通り。散文の括弧内は、初出を示す。

詩

『聖歌隊』帝国教育会出版部、一九三八年七月

散文

「第四階級の文学」「文章世界」15巻9号、一九二〇年九月

「詩の営養について」「詩聖」18号、一九二三年三月

「萩原朔太郎君に答う」「詩聖」19号、一九二三年四月

「無批評の批評」「日本詩」1巻2号、一九三四年十月

「高村光太郎論」『中野秀人散文自選集』（魚鱗叢書3）文化再出発の会、一九四一年十二月（初出「日本詩」2巻2号、一九三五年四月）

「真田幸村論」『中野秀人散文自選集』（魚鱗叢書3）文化再出発の会、一九四一年十二月（初出「エクリバン」2巻1号、一九三六年一月）

「漢口画信」「九州日報」夕刊、一九三八年十一月十八、十九、二十、二十二日付

「ヒットラー」「文化組織」1巻8号、一九四〇年八月

「凱旋」「文化組織」3巻7号、一九四二年七月

「都市再建への序説　都市なき都民」「真善美」1巻1号、一九四六年一月

「自我の崩潰」「新日本文学」2巻7号、一九四八年七月

「夜の支配者」「新日本文学」11巻4号、一九五六年四月

「転形期における言葉の任務」「現代詩」3巻7号、一九五六年八月

「トロツキズム、紋切型について」「現代詩」8巻8号、一九六一年八月。

【解説】詩人、中野秀人

田代ゆき

「可能不可能は言いました。まだおしまいじゃないんだ！（略）私は可能である。私は不可能である。」（中野秀人訳、ブレイズ・サンドラル「可能不可能」）

「――わたしは、兄さんにもわたしにも判らないやうな何かになつて、知られないところで、あなたを待つてゐるでせう。わたしの分は、まだお終ひぢやないんです。」（「兄弟」）

＊

中野秀人の言葉は、切っ先を把持している。

生前唯一の詩集である『聖歌隊』の末尾は、「未来の子供達が　未知なる花を振り翳して進んでゆく」という一節で終わる。聖歌隊の隊列が、あらゆるものを喰らい、孕みながら、光の中を一心に前進してゆく。歌はやがて、未来の子供達の場所にまで到達し、もろともに大きなうねりとなって、さらなる前進を続ける。表題作の一篇に限らない。詩群はどれも対立を内包し、かけ登ったと思った瞬間、転がり降り、高鳴り、波立ち、動き続けて、一瞬も静止することがない。突貫しようとする言葉の連なりはまるで、人間の実行そのものだ。「時代の先頭に立って、人類の方向を決定すべき役割を演ずること」(「無批評の批評」)。秀人に詩および詩人は、言葉本来の意味での、アヴァンギャルド(前衛)でなくてはならなかった。

照らせば、芸術界の雄と君臨した高村光太郎も、祭壇に鎮座して「融通無碍なる「可能」の守り札を頒布」(「高村光太郎論」)する、歯抜けのライオンに過ぎない。思想の足場を持たず、社会から乖離して芸術領域に閉じこもる「技巧家」を、秀人は批判せずにおかない。

彼には、抽象され、組織づけられ、構図を拡げるところの造形がない。彼は、芸術家としては、普遍性を持たない、単なる心境のスケッチャアである。(略)統一のある散文を書き得ないのも、統一のあるスタイル美を彫刻の上に築き得ないのも、それと同じ理由からである。高村光太郎は益々技巧家になる。彼は、彼が志したのとは思いもかけない反対のものになってゆく。そして単に詩を書くだけの詩人にもっとも適し、詩が其他の姉妹芸術とは何の関りもないということを証明する最適人者となる。

「統一」の実相には、相対立する事物を抱え込んで前進する聖歌隊の隊列を思い浮かべればよい。意のままにならない現実に対峙するとき、抑圧に抗するとき、言葉はにわかに力を帯び、営々として突進しようともするのだ。永遠に「不可能」に直面することのない真空地帯においては、あらゆる事象は脈絡を絶って個々に揺蕩い、絶対に自由であり、何もかもが「可能」である。そしてすべては虚妄であり、幽霊である。

より早く、「雑然たる事物を美にまで引き揚げる力の欠乏を真理とかいう変な幽霊に托して歌うのは嫌味だ」（「一月の詩」「詩聖」一九二二年十二月）と、秀人が同様の不信を以て対したのは萩原朔太郎だった。「何等の詩想をも持っていない」ゆえに、「雑然たる事物」を、統一した「美」として組織することができない。批判に朔太郎は、評者の「鑑賞的準備の不足」と応えたが、秀人はそれに真っ向から対立する。

僕は君の「青」の詩想に対して「赤」の詩想を以て打っ付かったのです。そこに批評が生れるのではありませんか。詩評はなにも表現方法のみを云々するものではありません。その詩想に対して全力を傾倒することも一つの方法です。（略）「誤解」だなぞという卑怯な言葉を捨てて、「青」の詩想に対した僕の「赤」の詩想を徹底的にやっつけて呉れれば宜いではないか。若しその場合に君の説が正しかったならば僕は総ての前言を撤回します。

朔太郎の表現した「青」の世界は、世紀末の倦怠を示して見事でもあったろう。だがそこにあるのは気分だ。翻って「赤」の詩想は、組織づけられた造形、統一のある散文、スタイルを生む根源のこと。対立と矛盾とを孕みつつ、そこに向かって集結しようとする無限なる一点のことだ。
秀人は一心に歌う。

叛けよ
小さい乙女
お前のなかには大蛇がゐる
（略）
白い花が赤い花になつて落ちるまで叛けよ
（略）
叛けよ
ありとあらゆる小さいものよ
見えない星より小さいものよ
木の葉の末から　小波のなかから
起ちて太陽の門をくぐれ
光となつて飛べよ　（「昔の先生」）

真田幸村率いる兵隊の掲げた六文銭の旗が萱の根にも一塊の土の蔭にも粛々と潜み、幸村が

「一つの無限に向って戦ってゆくところの無数の新しい個性」となって、ついに「武」が極点に達するとき、一篇には颯爽と「赤地」の旗がはためく（「真田幸村論」）。幾度も伏字となって言葉を抹消されながら、なおも秀人は革命の歌を高らかに歌う。

＊

『青猫』を刊行して時の人であった朔太郎に、「赤」色の旗を携え、真っすぐに戦いを挑む若い詩人のフェアプレイは溌溂としている。秀人は、詩人であると同時に、痛烈な詩と詩人の批判者だった。岡本潤は「その頃の詩話会なんていうのは詩壇の王座を占めていたもんだが、それを彼がぶちこわしにかかったんだ」（「中野秀人のプロフィール」『中野秀人全詩集』附録一九六八年七月）と回想するが、秀人はいつも、詩壇の狭く分断された場所とは無縁の、批評が溢れる広場を求めていた。初期には「詩聖」に詩評を呼び込み、後年には「現代詩」に文芸時評欄を設ける。誌上「論争の季節も、どうやら下火になったらしいが、それが進行形でなされ、個人の立場を離れられるなら、もう一ぺん盛り返えしてもよかろう」（一九五六年八月）と宣言して、花田清輝と吉本隆明の論争の舞台を準備したのも秀人だ。

のみならず、「われわれはいつでも対立している。（略）すべてが対立する微分子の上に構成された結晶体の無限の発展のようなものだ」（「モダニズム雑考」「文化組織」一九四一年九月）というとき、「対立」は、発展を前提とした世界の像だと分かる。集団は統一に向かいながら、絶えず

「反対」を内包していなくてはならない。「反対」の論理は、秀人の認識する世界それ自体だった。

同じく、「楕円幻想」を記して対立に力を汲もうとした花田清輝は、活動の初期において秀人の対立的な同走者だった。共働して、〈文化再出発の会〉を組織、「文化組織」を発行する。ふたりが議論の中に生み出した論理は、繰り返す失敗にも幾度でも立ち上がり「再出発」する強靭さを、運動に備えさせた。主義主張の異なる参加者の雑多な声を組織して、戦時の圧倒的な「不可能」の中に、粘り強く「可能」を積み重ねて闘いを継続していく。

戦後、両者は次第に遠く離れたが、「反対」の論理に貫かれた運動の原理はふとした瞬間に響き合う。一九五〇年代後半、対立を回避し、無条件の平和を重んじる平和協調の空気の蔓延は、運動を内部から崩壊させていった。象徴とも言うべき「モラリスト論争」で花田は、「めいめいの立場をこえて協力しなければならない「人間」は、仲間の知識人なんかではなくて、日本のプロレタリアートだ」（「政治的動物について」「美術批評」一九五六年一月）と平和協調路線に舵を切った知識人たちを孤軍奮闘して批判し続けたが、秀人の「問題は文学者が協力し合ったならばと言うようなことにあるのではなく、対立し合う気力さえ持ち得なかったと言うことのなかにある」（「転形期における言葉の任務」）という声は、同時代において誰より強く共鳴して聞こえる。同時に、プロレタリアートとさえ、「協力」でなくあくまで対立を以て遇しようとした秀人の言説は、より徹底して「反対の論理」を貫く。詩に記す。

あなたは
高い落ちないところで光つてゐる
あなたの射散らす
銀の針は登ることが出来ない
（略）

「あなたには申訳ないんですが
やつぱり蠢いてゐるんです」
（略）
「私は立ちあがつて
四足を伸ばして
通じない動物の言葉を
空に投げあげます」

あなたは
拭ひあげた夜の空で
孤独がどんなものであるか

尽きないものがどんなものであるか
遠い光の源から合図する（「星」）

必ず解消されない対立のただ中に、生涯身を投じた。

＊

秀人もまた、「生涯をかけてただ一つの歌を」（花田清輝）を歌いつづけたに違いなく、しかし「歌わざる詩人は、生活に対して批評を持たない詩人である」（「批評精神の登場」「文化組織」一九四〇年二月）という言葉は、花田の宣言に比べて、ずっと平常心でもある。「不可能」がなければ「可能」はない。現象がなければ本質はない。真理、思想、信条は常に、「生活」と結びついていなくては無意味だ。

そして、「詩」を創ることが、思想を生活の底にまで落とし込むことの何より切実な実行だった点において、秀人は終始一貫、詩人だった。詩は、思想を具象物に置き換え、リアルな実相として現出させる術である。よって必ず、「実在のもの」「ファクト」（「詩の営養について」）である必要があった。べたべたと纏わりつく慣習や感傷的な意味づけを拒み、感情や「唯心」から遠く隔たった言葉は、「物質」それ自体であることを欲して潔く、万人に平等にその襟懐を開く。だからこそ、「鑑賞的準備の不足」と言い放ち、予め詩語の知識を持ち合わせない読者を閉め出そうとする朔太郎の思い上がりを、秀人はどうしても許すことができなかったのだろう。「労働者であること、新聞記者であること、人の妻であること、すべて生活しているということが、準備であり素養であるではありませんか。書物を沢山読んでいるとか、詩人で御座るとかいうことがなにも誇りにならない筈です」という主張は、若者の精気を思わせると共に、労働者の芸術運動に併走を続けた秀人が生涯、貫いた足場でもあった。

己れの感性や、表現上の修辞を何より大事がり、個人の絶対的な尊重の上に芸術の自由を謳歌する詩人たちの中で、「時代に支配されないような人は詩人であり得ない」(「社会に触る詩」「詩聖」一九二二年十二月)と詩人の独立を否定し、詩人はその存在を、「詩」を生むためにではなく、「現状破壊の産声を生ましめるため」(「無批評の批評」)に唯一、認められるとする。詩が、批評であり、更に現実を変える闘争なのだとすれば、専業詩人だけが問題にならないのは当然のことだ。のみならず、「縄には縄の価値を、裏切者には裏切者の価値を、烏合の衆には烏合の衆の価値を、一つの目的「戦い」に向って配列し按配してい」(「真田幸村論」)く集団戦法なればこそ、戦機を見定め、「十騎ならば十騎によって謀計をたて、百騎ならば百騎によって謀計をたて」て「如何なる「戦場」をも捨てることなき軍略を生み出」す、「不可能」の中の「可能」の闘いが、「享楽」のもと潑溂として実行され得るのだ。

いま、聖歌隊の隊列は遂に、われわれの場所にまで到達する。秀人の詩の言葉は、平等にその世界を開示する。圧倒的な「不可能」はなおも立ちはだかり、しかし秀人の闘争する全身は、「不可能」に対峙する限り、「可能」を求めて闘いは継続されることを示して、必ず、絶望させない。秀人は過去に属する。だが、進行する闘いの光の中に、秀人は無数の秀人となって何度でも再生する。——まだお終いじゃないんです。

（福岡市文学館嘱託員）

福岡市文学館選書 2

中《なか》野《の》秀《ひで》人《と》作品集

著者 中野秀人

発行日 2015年3月25日 発行
企画・編集 福岡市文学振興事業実行委員会
発行 福岡市文学館
〒814-0001 福岡市早良区百道浜3丁目7番1号
電話 092-852-0606
発売・制作 有限会社海鳥社
〒812-0023 福岡市博多区奈良屋町13番4号
電話 092-272-0120
FAX 092-272-0121
http://www.kaichosha-f.co.jp
印刷・製本 大村印刷株式会社
デザイン 長谷川義幸 office Lvr

ISBN978-4-87415-937-8
［定価は表紙カバーに表示］

本書籍は、2014年12月19日に著作権法第67条第1項の
裁定を受け作成したものです。

二〇一四年福岡市文学館企画展図録
運動族　花田清輝　骨を斬らせて肉を斬る

【本書目次より】

「運動族　花田清輝　骨を斬らせて肉を斬る」表紙

定価　一〇〇〇円（税込み）
発行　二〇一四年十一月六日
発行所　福岡市文学館
〒八一四－〇〇〇一
福岡市早良区百道浜三－七－一
福岡市総合図書館文学・文書課文学係
電話〇九二（八五二）〇六〇六